魔術師クノンは見えている5
「せっかくの機会だ、私たち教師の力を、
可愛い生徒たちに見せてあげようじゃないか」
――クラヴィス・セントランス

can see through

いずれも“特級”の実力者揃い!!

Kunon the Sorcer
【調和の派閥】
シロト・ロクソン
【合理の派閥】
ルルォメット・ゲインズ
クノンを取り巻く派閥のリーダー達——

「レディを待たせるのは、紳士としてどうかと思いますわ」
セラフィラ・クォーツ

Kunon the Sorcerer can see through

魔術師クノンは見えている

Umikaze Minamino

南野海風

illust. Laruha

5

口絵・本文イラスト
Laruha

装丁
coil

contents

Kunon the Sorcerer can see through

character

登場人物紹介

～魔術都市ディラシック～

クノン・グリオン
盲目の天才魔術師。独特の紳士観を持つ。

リンコ・ラウンド
姉・イコの遺伝子を受け継ぐクノンの侍女。

レイエス・セントランス
感情の欠落した聖女。植物への愛は人一倍。

セララフィラ・クォーツ
ジオエリオンの従妹にあたる新入生。

特級クラス：「実力の派閥」

ベイル・カークントン
派閥代表。面倒見のいい兄貴肌。

エリア・ヘッソン
ベイルに片思い中の美少女。

特級クラス：「調和の派閥」

シロト・ロクソン
派閥代表。「雷光」の異名を持つ才女。

エルヴァ・ダーグルライト
美女。魔術の実験が始まるまでは……。

ハンク・ビート
クノンの同期。ベーコンづくりの修行中。

特級クラス：「合理の派閥」

ルルォメット・ゲインズ
派閥代表。希少な闇魔術師で、思慮深い。

カシス・ホーク
心は乙女。自分の美貌に絶対の自信。

リーヤ・ホース
クノンの同期。田舎出身で都会が怖い。

二級クラス

ジオエリオン
アーシオン帝国第二皇子。「狂炎王子」。

魔術学校教師

グレイ・ルーヴァ
世界一偉大な不老不死の魔女。

サトリ・グルッケ
高名な水魔術師で、クノンの憧れの存在。

サーフ・クリケット
風魔術師。ゼオンリーとはほぼ同期。

クラヴィス・セントランス
謎多き光属性の教師。

キーブン・ブリッド
大柄な土魔術師。農業関係が専門。

～ヒューグリア王国～

ミリカ・ヒューグリア
第九王女。クノンの婚約者。

ロンディモンド総監
王宮魔術師たちを束ねる実力者。

ゼオンリー・フィンロール
クノンの第二の師匠。土属性の魔技師。

プロローグ

「おう、おっさん。旅行は楽しかったか？」

そんな部下の皮肉に、彼は満面の笑みで答えた。

「ああもちろん！　君から奪い取った椅子だと思うと、より一層味わい深い旅行になったよ！　あ、これお土産だよ。皆で分けたまえ」

さすが王宮魔術師総監まで上り詰めた男。

その精神の強さは、部下の皮肉や非難の目などでは一切揺らがない。お土産だって平気で渡せるほどだ。


――約十日。

ちょっとした旅行のようなものに行っていた王宮魔術師総監ロンディモンド・アクタードが、ようやく王都に帰ってきた。

王宮魔術師たちが住む黒の塔にある、己の執務室に、ようやく。

本来なら、ヒューグリア王城から出ることさえ許されない身分なのに。

法の穴を突いたというか、約束事にかこつけて、行ってしまった。

「ああそうかい。そりゃよかったじゃねぇか」

憮然《ぶぜん》とした顔をしているのは、ゼオンリー・フィンロールだ。

そう、先の旅行。

ロンディモンドは、この問題児から容赦なく取り上げてやったのだ。

まあ厳密に言うと旅行ではないのだが。

「おかえりなさい総監。部下を置いて行った旅行は楽しかったですか？」「あ、総監。しばらくいなかったから辺境に左遷でもされたかと思ってましたよ」「このおっさん誰だっけ？　なんかこの前やめた王宮魔術師総監に似てるなぁ」などなど。

王宮魔術師たちが白い目で心のこもったおかえりの挨拶《あいさつ》をする中。

ゼオンリーは執務室までやってきた。

「――報告かね？」

まあ、冗談は程々にするとして。

いくら旅行を奪われたゼオンリーとて、皮肉を言うためだけにわざわざ来ないだろう。

「ああ、まあ、報告っつーか、おっさんが気にしてた続報が届いた」

「続報？」

「俺の弟子からの手紙だよ」

「クノン君の続報か！」

――ロンディモンドは問題児が好きだ。実力のある問題児なら尚更《なおさら》だ。

去年、グリオン侯爵家次男クノンは、魔術都市ディラシックにある魔術学校に入学した。

それから、彼の噂《うわさ》は色々と聞いている。

師となったゼオンリーが自慢するくらいには、彼も立派な問題児である。

師とは少々傾向は違うが、それでも充分に問題児である。

「あと三ヵ月くらいで進級かな？　里帰りはするのかね？」

今は春。

魔術学校の学期末は夏なので、まだ一年生だ。

「その辺はまだ決めてねぇ。それより続報だが――」

「ああ。何かやらかしたかね？」

期待に瞳《ひとみ》を輝かせるロンディモンドに、ゼオンリーは得意げな顔で言う。

自分の弟子を自慢するように。

「帝国の皇子とやりあって引き分けたんだと。ほら、去年入学したって話あったろ」

去年入学した帝国の皇子、と言うと。

かの国の社交界では、必ずと言っていいほど名前が出る第二皇子ジオエリオンのことだ。

「狂炎王子か！　彼も興味深いが――ああ、そうか！　そういうことか！」

ロンディモンドの理解が追い付く。

クノンは水属性の二ツ星。しかも年下。

更には、ゼオンリーから聞いたところによると、まだ初級魔術しか習得していないとか。

にも拘《かか》わらず。

年上で火属性の三ツ星、そして十代でありながら上級魔術を習得するほど優秀だという狂炎王子と戦い、引き分けた。

もっと言うと、帝国なんていう大国の皇族だ。

そんな相手に牙《きば》を剥《む》いたわけだ。

身分も国力も顧みず。

――大した問題児っぷりである。

「いいじゃないか彼！　それでこそ魔術師じゃないか！」

身分も才能も関係ない。

研鑽《けんさん》を重ねた魔術のみを武器に、戦う。

実に魔術師らしい行為だ。

「これからもやってくれそうだね、クノン君は！　また続報が入ったら持ってきたまえ！」

「それはいいが、姫さんどうなった？　報告もあったが、俺はそっちの話を聞くためにきたんだ。教えてくれよ」

――先の旅行。

ロンディモンドは、王都を出た第九王女ミリカに同行したのだ。だから厳密には旅行ではないのだが。

彼女を何もない開拓地に送り届け、それから少し開拓作業を手伝ってきた。

決して遊んでいたわけではない。

まあ、羽は伸ばしまくったが。のびのびと。

「気になるなら、君も行ってくるといい」

「あ？　行ってもいいのか？」

王宮魔術師は王城から出てはいけない。

許可が下りるのは王都まで。それが基本だ。

……なのに十日以上も王都を離れた王宮魔術師総監がいるから、部下たちが皮肉を飛ばしてくるわけだ。

部下たちは我慢しているのに。

まあ、本人は皮肉など全然気にしていないが。

「陛下とちょっと相談してね。一度に二、三人ずつなら行っていいと約束を取り付けたよ」

――伊達《だて》に偉そうな肩書きは持っていない。

部下から旅行を奪い取っただけかと思えば、その辺を利用して、更なる交渉にこぎつけたらしい。

詳しく話すつもりはなさそうだが……さすがは王宮魔術師総監、といったところか。

「開拓は大変な大事業で、今クノン君は動けない。彼の代わりに少しだけ開拓作業を手伝ってもいいんじゃないか、という方向で話がまとまったんだ。

まあ、やりすぎないよう注意するように。やりすぎちゃダメだよ」

――きっと聞かないだろうけど、と思いながら。

ロンディモンドは、言うことを聞かないであろう問題児に、注意を促すのだった。


これまでにも、クノンの面白い話は聞いていた。

霊草の栽培に関わっていたり。

新薬を開発したり。

海中で活動する方法を考案したり。

どれもこれも詳細が気になる、クノンの功績たちだ。

ここからの数ヵ月も、なかなかのものだった。
水耕栽培の可能性を発見したり、
校舎が全壊したり。
そして、「薬箱」や「魔帯箱」といった興味を抱かずにはいられないものを考案したり。

面白い噂を聞きながら、時が過ぎていき。
夏になり。
かの問題児の二年目が始まる。

第一話　後輩の帝国淑女

魔術学校の一年目が終わった。

無事単位を得たクノンと同期たちの進級が決まり、一ヵ月近い夏季休暇を挟んで新年度が始まる。

「じゃあ行ってくるね」

侍女に声を掛けて、クノンは家を出た。

陽射《ひざ》しが強い。

今日も暑くなりそうだ。


一ヵ月もの夏季休暇。

周囲の人はほとんど里帰りしたが、クノンは魔術都市ディラシックで変わらぬ日常を過ごした。

里帰りするには、ヒューグリア王国は遠いから。

その間、クノンはほぼ毎日学校へ行っていた。

泊まりがけで出向くほどの用事もなかったし、学校でやりたいこともたくさんあったから。

それと睡眠提供の商売で、できれば定期的に学校に来てほしいという要望があったのだ。この夏、毛なしデカネズミの毛あり派と毛なし派の不毛な戦いに巻き込まれそうになったりもしたが、どうでもいい夏の思い出である。

今日から二年生。

ではあるのだが、あまり心境の変化はない。

「——おはよう。ああ、朝からこんなに美しい人妻に会えるなんて幸運だな。まるで天から舞い降りた堕天使のようだ」

「——おはよう。今日もすごいよだれだね。まるで女神の涙のように美しうわちょっと服にはちょっと堕天使ちょっと止めてっ」

紳士らしく近所の人たちに挨拶し。

絡んでくる犬たちを紳士的に華麗にいなし。

路地に挟まるオーガも、今日も元気に挟まっている。相変わらず変化はなく、変化がない彼の姿はもはや風景の一つである。

クノンは一年間通った道を、今日も歩く。

夏季休暇のせいでしばらく会えなかった学友たちに、今日は会えるかもしれない。

そんなことを思いつつ、クノンの魔術学校二年目が始まった。

あまり意識してなかったものの、クノンの商売が急に忙しくなったことで、ようやく実感が湧いてきた。

夏季休暇中でも通っていただけに、その変化は大きかった。

午前中、かつての常連が挨拶がてら「睡眠環境の提供」を利用しに来て、クノンは自分の研究室から離れられなかった。

一ヵ月ぶりの通常登校である。

真っ先にクノンも同期たちや聖女、三派閥の面々、狂炎王子らに挨拶しに行きたかったのだが、それは叶《かな》わなかった。

「……まあ、しょうがないか」

皆それぞれ忙しい身だ。

会いたくても会えないなど、よくあることだ。


忙しかった午前中を経て午後になり、ようやくクノンは聖女の教室を訪ねた。

「ああ、クノン。久しぶりですね」

聖女レイエスがいた。

彼女を見ると、なんだか学校が始まったという気がしてくる。まあ見えないが。

聖教国セントランスに里帰りしていた聖女とは、一ヵ月ぶりの再会だった。

クノンは懐かしさを感じた。

霊草の件もあり、一年目は頻繁に会っていたからだろう。

「久しぶりだね、聖なるレディ。元気そうで何よりだよ」

「あなたも夏バテとは無縁のようで何よりです」

暦の上では秋であるが、まだまだ夏日が続いている昨今である。

「里帰りどうだった？」

「その前に帰る用事があったので、特に思うことはありませんでした」

聖女は、故郷の祭事のため、夏の前に帰る用事があった。

その頃のクノンは「魔術を入れる箱」の開発のため、非常に忙しかった。おかげでそれ以外のことがうろ覚えである。あの頃も一ヵ月会わなかったこともあったはずだが。

しかし、今回の再会の方が懐かしく感じる。

「クノンはどう過ごしていました？　里帰りはしなかったんですよね？」

「うん。先生の手伝いをしたり本を読んだりしてたよ。単位のことを考えなくていいってだけで、すごくのびのび過ごせたよ」

単位。

去年は常に、何をするにもこの制約が付きまとっていた気がする。

何をするにも脳裏にこびりつき自己主張をする、単位という厄介な存在。

最初は簡単そうにも思えたのだ。

十回くらい研究するだけでいいだろう、と。軽く考えていた。

しかし、実に厄介なシステムなのだと、今は知っている。

「――あ、いたいた」

互いに近況報告をしていると、同期のハンク・ビートとリーヤ・ホースがやってきた。

彼らとも一ヵ月ぶり、と言いたいところだが。

ハンクはともかく、リーヤとは一週間くらい前に会っている。故郷が遠い彼も、里帰りしなかったからだ。

彼はずっと、実家に仕送りするために、ディラシックで仕事をしていたのだ。だから時々会って食事などをしていた。

「私たちももう二年目なんだよな。なんか早いよな」

「そうだね。もう僕らの下の代が入学してるんだよね」

ハンクとリーヤの会話に、クノンも「言われてみれば」と頷《うなず》く。

まだ会っていないが、後輩が入ったはずだ。

これまでは周囲は先輩ばかりだったが、これからは違うのだ。

一年前の入学から、一年が経《た》った。

自分自身の心境はあまり変化はない気がするが、月日はちゃんと過ぎている。

自分以外の周りも、ちゃんと変化しているのである。


しばし同期たちと話をして、それからクノンは三派閥の拠点へと向かう。

クノンは三派閥に属する身なので、挨拶回《あいさつまわ》りくらいはしておいた方がいいだろう。

夏季休暇の間、会えなかった顔馴染《かおなじ》みはたくさんいるので、彼らにも会っておきたい。もちろん派閥の代表も含めてだ。

「――よう、久しぶりだな」

まず、「実力の派閥」代表ベイル・カークントン。

彼は数日前に里帰りから戻っていたらしい。それからの残り少ない夏休みは、友達と遊び歩いたそうだ。

ジュネーブィズ、エリア・ヘッソンらとも顔を合わせ、彼らの拠点を後にした。

「――久しぶりですね、クノン」

次に、「合理の派閥」代表ルルォメットに会いに行った。

彼は里帰りし、二週間ほど前にはディラシックに戻っていたそうだ。

初耳だった。

知っていたら、一度くらいは食事にでも誘っていたはずだ。

「教えてくださいよ、水臭い」と伝えたら、彼は二週間寮にも帰らず自分の実験室にこもっていた、と答えた。

実験に没頭していたそうだ。何なら同じ派閥の者さえ、ルルォメットの所在を知らなかったとのこと。

尋常じゃないレベルで引きこもっていたようだ。

ちょっと嫌な顔をしたカシスとサンドラ。

それと普通の顔をしたラディオ、ユシータにも挨拶して、次へ。

「――挨拶に来た？　それより部屋は片付いているか？」

最後に訪れた「調和の派閥」代表シロト・ロクソンへの挨拶は、手短に済ませて切り上げた。

クノンの研究室は片付いているか？

そんな質問、答えられるわけがないじゃないか。

そんなこんなで、クノン・グリオンの魔術学校二年目が始まった。


「休みの間ですか？　特に何も……あ、そうだ。第十一校舎が再建されました」

長い夏季休暇の間。

漠然と「何かあったか」と問われたクノンは、そう答えた。

二年目の二日目、クノンは夕食に誘われ、ジオエリオンの家に来ていた。

狂炎王子ことジオエリオン・フ・ルヴァン・アーシオン。

アーシオン帝国の第二皇子である。

一年目の二学期末に知り合った彼とは、今も親交が続いている。

お互い忙しいので、学校で会うことはほぼなくなったが。

その代わり、ジオエリオンの家で会っている。週二か三くらいで。

帝国料理が並ぶ夕食のテーブルには、彼の友人であり護衛でもあるガスイース・ガダンサースと、イルヒ・ボーライルも着いている。

ここは高級住宅街にある大きな屋敷。借家ではあるが、皇族が住むには申し分ない住居である。

部屋数も多いし、とても広い。

使用人の数は、なんと八名！

クノンの家の八倍である。

イコやリンコが八人もいるんだな、とクノンは認識している。

きっと毎日楽しいんだろうな、と。

「再建というと、アレでありますね。校舎が全壊して森になったアレ」

イルヒの言葉にクノンは頷く。

「正確には、大木が校舎内から発生して破壊されたんですけどね」

ジオエリオンらは二級クラスである。

「第十一校舎大森林化事件」は、特級クラス以外には関係ない話なので、詳細は知らないそうだ。

森ができた当初こそ面白半分で噂《うわさ》が流れたらしいが。

ただ、教師たちから「この魔術学校は時々こういうことがある」と説明があると、すぐに落ち着いたそうだ。

実際、小さな事件なら日常茶飯事で起こっている。

ならば、大きな事件が起こることも普通にあるだろう、と。

――あの件の真相は、霊樹輝魂樹《キラヴイラ》の芽吹きである。

とある事情で、クノンは皆より先に教えてもらったが、皆はまだ知らないはずだ。

ちなみに再建された第十一校舎は、場所こそ変わったものの内装や間取りはほぼ同じだったので、そこを拠点にしていた者たちは違和感なく馴染むことができた。

昨日会った聖女なんて、これから何を鉢に植えようかとウキウキしていた。

無表情で。

あの事件で、研究所にあった植物すべてを失った彼女。

その痛みは、もう乗り越えたらしい。

いや、失われてはいないか。

今もきっと、あの森で野生化して、すくすく育っているはずだ。

「そういえばそんなこともあったな」

ジオエリオンは思案気に視線を漂わせる。

「俺も一度見に行ったことがあるが、あれは普通の森ではなさそうだったな。それこそ魔術関連で発生したものだと思う。

まあ、それ以上はまるでわからなかったが」

さすがに鋭いな、とクノンは思った。

あれは魔術が作用した結果ではなく、魔術そのものが絡んでいる。

彼は朧気《おぼろげ》に察したらしいが、おかしな話ではない。

あの森の中心には霊樹がある。

魔術要素の塊、あるいはそのもののような存在である。

あの森はまだ立入禁止だ。

だが、近くで調べられれば、彼ならきっと確信を得るだろう。

あれは普通の樹《き》ではない、と。

「あの森林化は気になるな。一晩で広まったというなら、世界の食糧事情が変わる可能性を秘めている」

そして着眼点が為政者である。

「食糧事情かぁ……」

クノンも思うことがあった。

魔術学校を卒業してヒューグリアに戻った後のことなので、まだ先の話だが。

クノンは領地を賜ることが決定している。

領民の食糧事情。

開拓、外敵への対処。

天候や流行《はや》り病。

地質・水質調査なども行うことになるだろう。

魔術のことだけ考えていたい、とは思うが、ここで学んだ魔術で何ができるかも考えねばならない。

それこそ、領地経営に役立てる魔術を身に付けておきたい。

クノンが魔術師だからこそ。

学ぶことはまだまだ多そうだ。


「帝国式のマナーも完璧《かんぺき》だな」

堅苦しく考えなくていい。

マナーも気にするな。

初めて夕食に呼ばれた当初は、そう言われたものの。

ジオエリオンの前では、恥ずかしくない自分でいたい。

そう思ったクノンは、ちゃんと帝国式のテーブルマナーを覚えたのだ。

「お褒めに与《あずか》り光栄です」

何度もジオエリオンが食事に誘ってくれたからだ。

特に注意されることはなかったが、毎回帰り際にガースに聞いていた。

——自分のテーブルマナーはどうか、と。

そしていくつか助言を得て帰る、というのを繰り返した結果、この通りだ。

ジオエリオンがそう言うなら、もう聞かなくてもよさそうだ。

ここは魔術都市ディラシック。

誰も身分階級など気にしない地だ。

しかし、このテーブル上だけは、アーシオン帝国なのである。

デザートになると会話が増える。

食後の美味《おい》しい紅茶と、甘さを控えた焼き菓子。

夜になってもジオエリオンの予定があるので、これが終わると解散となる。

それを惜しむように、クノンとジオエリオンは魔術の話に没頭する。

いつもこんな感じだが――

「――ジオ様、セララ様のことは話さなくていいのか？」

不意にガースが口を挟んだ。

「別に忘れてない」

ミミトビデカネズミについて盛り上がっていた時だけに、ジオエリオンの声は少々煩わしげだ。

だが、話が弾んでいる間に、すっかり紅茶が冷める程度の時間が経っていることに気づいた。

そろそろ解散の時間だったようだ。

「クノン。俺の親戚《しんせき》の子が、今年特級クラスに入学した」

「えっ」

クノンは驚いた。

ジオエリオンが毛なしデカネズミの大耳派はどうかと言い出して、新たな争いの気配を感じた時より驚いた。

「先輩の親戚というと、皇族ですか？」

「いや。皇族に嫁いだ我が母の親族の娘になる。一言で言えば従妹《いとこ》だな」

従妹。

「だから先輩と同じ二級クラスじゃないんですね」

「そういうことだ」

アーシオン帝国の皇族は、特級クラスには入れないそうだ。

帝国の勉強をする時間を捻出《ねんしゅつ》するために。

「羨《うらや》ましい限りだよ。俺も可能なら特級クラスに行きたかった」

「僕も先輩が特級だったらよかったのに、と何度も思ってますよ——ご馳走様《ちそうさま》でした」

と、クノンは席を立った。

予定が詰まっているジオエリオンの時間を、これ以上貰《もら》うわけにはいかない。

忙しい彼と話ができるのは夕食の時だけだ。

「察するに、その従妹のレディの面倒を見ればいいんですね？」

「レディというよりは子供だがな。できる限りでいいから頼む。

特に——魔術に没頭させてくれ」

最後に付け加えられた一言が引っかかった。

「そのレディは没頭してないんですか？」

「俺が見る限りではな」

「それはそれは……ふうん」

クノンは笑う。

特級クラスに入れるほどの知識も魔術も得ている。

にも拘《かか》わらず、魔術に没頭していない、と。

それはつまり、没頭していない今でさえ、有り余る才能がある、ということだ。もし魔術に没頭し始めたら、どこまですごい子になるのか。

「先輩の従妹のレディってことを差し引いても、楽しみですね！」

ジオエリオンの従妹セラフィラ・クォーツ。

彼女と出会うのは、数日後のことである。


登校時、クノンはちょうど校舎から出てくる聖女と会った。

いつもの眩《まばゆ》いばかりの純白のローブ。

左手には大きなスコップ、右手にはバスケット。そして麦わら帽子。

何の変哲もないただの園芸道具だが、神々しい彼女が携えたら、それらはまるで神器か聖遺物のようだ。

そんな彼女は言った。

「これからあの森に行き、野生化した霊草を探してきます」

あの森というと、霊樹輝魂樹《キラヴイラ》を中心に広がった森だ。

あそこでは、聖女が研究室で保管・育成していた種や植物が育っているという。霊草もその例に漏れないようだ。

「あ、僕も行きたい」

クノンは即座に答えた。

こんな興味深いこと、今日のスケジュールすべてをキャンセルしてでも付き合いたい。

あの森はまだ立入禁止なのだ。

たとえ特級クラスでも、自由に出入りすることは許されていない。

これから向かう聖女も、教師同伴で行くそうだ。

「あれ？　でもシ・シルラは回収したんだよね？」

「そちらの霊草の回収は終わっています」

新設された第十一校舎前まで行ったが中に入ることなく、クノンは聖女に同行する。

なお、森に入る許可は教師が出す。

だから聖女にはクノンを同行させる決定権がないとのこと。

となれば、直談判《じかだんぱん》あるのみだ。

「実は、夏の間に少々動きがあったようで」

里帰りしていたはずだが、自国の動きを聖女は知らなかったらしい。

長い夏季休暇の間、やはり聖教国が、魔術学校に激しくコンタクトを取ったらしい。

やれ「あの輝魂樹《キラヴイラ》は我が国の物だから引き渡せ」とか「本物かどうか確認したいから我が国の専門家を敷地に入れさせろ」とか。

それはそれは頻繁に。何度も。

そこまではクノンも予想できた。

だが、話はここからだ。

「――どうも学校側は、それらの要求をすべて拒否したようです」

さすがだな、とクノンは思った。

ディラシックは政治的な要望はほぼ聞き入れないという。

その噂は本当のようだ。

ここはグレイ・ルーヴァがいる地。

長年、周囲三国の侵攻から、一人でこの地を守り抜いた魔女がいる地である。

いかに聖教国が輝魂樹《キラヴィイラ》を欲しても、恐らく引き渡すことはないだろう。

きっと国が買えるほどの大金を積まれても、彼女は頷《うなず》かないはずだ。

「しかし、その対応はセントランスも予想していたようです。

ならば霊草や神花《じんか》の種を送るからそちらで育ててみてほしいと、幾つかの種子を提供したそうなのです」

「えっすごい。太っ腹だね」

聖教国の大盤振る舞いにも驚いたが。

特に神花の名が出たことに、クノンは驚いた。

霊草は、それが育つ土地に行けばなんとか入手できる。

しかし神花は違う。

輝魂樹《キラヴィイラ》に並ぶほど珍しい植物であり、これも神話に出てくるような代物だ。珍しいなんてものではない。

「それで、夏の間にスレヤ先生とキーブン先生がその種を森に植えたようでして」

「へえ！」

わくわくしてきた。

さっきは直感で付いていきたいと伝えたものの、内容を聞けば思った以上に楽しそうだ。

「どうなの？　芽吹いたの？　君は神花を見たの？　観察したの？　あっ今日も魅力的だけど美しさの秘訣《ひけつ》は何？」

「それがわからないのです」

「わからない？」

わからない、とはどういう意味だろう。美しさの秘訣だろうか。

もしクノンが植えた本人なら、絶対に毎日様子を見に行く。すべてが興味深いのだ、成長過程を記録しない理由がない。

絶対に教師たちもそうするだろう。

何しろクノンよりよっぽど植物を愛している人たちだ。

見に行かないわけがない。

「なんでも、植えた場所からなくなっていたそうで」

「えっ」

それは、なんだ。

どういうことだ。

「それって大変なんじゃない？」

何しろ貴重な神花の種を植えたのだ。

それなのに、それを見失うなんて。

霊草はまだいい。

最悪、お金さえあれば種を手に入れることができるから。

しかし神花は違う。

もはや古い文献か神話か御伽噺《おとぎばなし》でしかお目に掛かれない、とても貴重な物である。

「大変なんですよ。だから探しに行くのです」

感情が乏しいだけに、普段通りにしか見えないが。

これで聖女は、結構焦って取り乱していたりするのかもしれない。

自分で「大変なんですよ」と認識はしているのだから。

まあ、それでも、そうは見えないが。


「――残念」

聖女に同行したクノンだが。

森の前で合流した、教師スレヤと教師キーブンに頼み込んだものの、同行は認めてもらえなかった。

曰《いわ》く「植えた物が消えたり移動していたりするわけのわからない森だから、光属性か土属性以外では対処できないことがあるかもしれない」と。

安全性を理由に却下された。
輝魂樹《キラヴィラ》の謎は、まだまだ解明されていない。
ゆえに、まだ生徒を入れるのは尚早だ、というのが学校側の意向なんだそうだ。
今回聖女が同行を許されたのも、光属性であり聖女だからである。
消えた霊草や神花を探すことができるかもしれない、と。
いずれ生徒も入れる日は来るだろう。
だが、それは今ではないようだ。
「仕方ない。僕の分まで情熱的に探してきてね、レイエス嬢」
「わかりました。情熱的に探してきます」
農家の神器を両手に携えた聖女は、教師たちと一緒に森へと消えていった。
見えないが見送りしたクノンは、来た道を引き返す。
「神花かぁ」
あの森のどこかで、貴重な植物が芽吹いているかもしれない。
想像するだけで楽しみだった。
聖女や教師たちには、ぜひとも探し出してほしいものだ。
――この日より数日後、聖女レイエスは行方不明になる。

◆

「レディを待たせるのは、紳士としてどうかと思いますわ」

「あ、ごめんね」

第十一校舎の自分の教室へ向かうと、ドアの前で立ち尽くす女性が一人。

クノンと同じような体格なので、同年代だろう。

商売の方で待たせたかと思ったが――

「でも聞いていた通りですわ。素敵な眼帯の紳士。まさにあなたのことね」

深海を思わせる長い藍色《あいいろ》の髪に、強い青の瞳《ひとみ》。

容姿はあまり似ていない。

しかし、その目を見た瞬間、直感的に思った。

「もしかしてジオエリオン先輩の従妹のレディ？」

そう問いかけると、彼女は綺麗《きれい》なカーテシーをした。

「ええ――初めまして、クノン先輩。わたくしはセラフィラと申します」

綺麗なカーテシーだが、それ以上に。

「……すごい」

クノンは彼女の背後を注視していた。

――セラフィラに憑《つ》いているのは、方々に伸びる巨大なクリスタルの塊だった。

「ジオお兄様にご友人ができてよかったわ。あの方、味方は多いけれど立場上のものばかりだから。

しかも面白味はないし生真面目だし、冷たい印象も与えるし。

同年代の第一印象はあまりよくないのです」

クノンを訪ねてきたセラフィラを、研究室に通す。

「少しはお片付けなさったら？」という小言を聞き流して、二人はテーブルに着いた。

なお、出会ったばかりの男女が密室に二人きり。

それは非常によくないということで意見が一致し、ドアは開け放ってある。

子供がなんの心配をしているのか、という意見もあるかもしれないが。

一端の紳士淑女からすれば、常識的な配慮である。

「えっと、先輩の母方の親戚《しんせき》って聞いてるんだけど」

「はい。皇家に嫁いだのがジオお兄様のお母様。その妹がわたくしの母になりますわ」

「そうなんだ」

皇族に嫁ぐくらいだから、彼女の生まれは上位貴族だろう。

だが、ここは魔術学校。

歳《とし》の差も身分差も魔術には関係ないので、これ以上は聞かないことにした。

「特級クラスに入ったんだよね？　先輩、羨《うらや》ましがってたよ」

「らしいですわね。わたくしは二級でも良かったのですが」

ふう、と憂鬱《ゆううつ》そうにセラフィラは息を吐く。淑女らしい物憂げな表情である。見えないけど。

「単位はともかく、生活費を自分で賄わねばいけないのでしょう？　クノン先輩もそのようになさっているの？」

クノン先輩。

不意の女子からの先輩呼びに、少しだけクノンの心はときめいた。

「そうだよ。こう見えても稼いでるんだよ」

「いいですわね。素敵な紳士には高収入がお似合いですものね」

高収入かどうかは知らないが、生活費で困ったことはない。

「まあ、紳士だからね」

だが紳士であることは紛れもない事実なので、クノンもそこは認めておく。

「君のような素敵なレディとは、紳士じゃないと一緒にいられないからね。僕が紳士である理由は、星空の輝きを体現したような麗しきレディの君と一緒にいるためだからね」

「まあ。お上手だこと」

うふふ、とセラフィラは笑った。

「でも、わたくしも何かお勤めをしないといけないようなのですが、そもそも淑女が労働というのも気が進みませんの」

まあ、上位貴族の女性ならば、わからない理屈ではない。

家名を守る。

同じ貴族たちと上手《うま》く付き合う。

夫を立て、支える。

ヒューグリア王国ではそれが一般的な上位貴族の女性の在り方だ。クノンの母ティナリザも専業夫人である。

アーシオン帝国でも、あまり大差はないのだろう。

「そんなことないよ。僕の幼少の頃の家庭教師は、貴族の女性だったよ」

「あら。クノン先輩の祖国では、女性の労働は推奨されているのね」

「推奨されているかどうかはわからないけどね。

それにここは魔術学校だからね、身分も何もあまり関係ないよ。

頂点にいるのは身分を持たない世界一の魔女だし、彼女の前では王族や皇族の身分も意味がないし」

世界一とか、魔術を究めた者とか。

彼《か》の人が持っているのは、あくまでもそんな肩書きだけ。

権威や権力といったものは一切持っていない。

ただただ実力行使が桁違《けたちが》いに得意なだけだ。

「――なるほど。わたくしも少しずつ意識を変えていかねばいけませんわね」

言動の端々から育ちの良さが窺《うかが》えるセラフィラだが。

ちゃんと周辺環境に歩幅を合わせるという、柔軟性も持っているようだ。


さて。

「それで――」

クノンはいよいよ本題に入ることにした。

ここまではただの世間話、いわば前菜に過ぎない。

大好物のディナーはこれからだ。

「君の属性と星の数は？　得意な魔術は？　どんな魔術が好き？　あ、自分以外のどの属性が好きかも聞きたいな。この学校では何を中心に学びたいの？　図書館は行った？　あそこの魔術関係の本の数、すごいよ。引くよ。僕は引いたよ。そのあと喜びが込み上げてきたよ。本にはなってないレポートもたくさんあってね、時間がどれだけあっても読みつくせないんだ。すごいよね。すごいよね！」

「うふふ」

うふふ、とセラフィラは笑った。

「クノン先輩ったら。紳士にあるまじきがっつき加減ですわね」

「え、そう？」

「まあそれでも品を感じさせるところは、さすがは白馬の似合いそうな紳士といったところかしら？」

それは似合うな、とクノンは思った。

全世界の白馬の王子様のモデルになったのはクノンだ、という自分で流した噂もあるくらいだ。

「属性は土。三ツ星。特に得意な魔術はありませんわね、習得した魔術は全部均等に使えますので。それと……なんでした？　好きな属性？　興味深いのは風ですわね。洗った髪を乾かすのに便利そうなんですもの。

図書館はまだ行っていません。当然興味はありますが……引くほどですの？　それは楽しみですわね」

セラフィラは律儀に答えた。

――クノンは納得した。

これは確かに、そこまで魔術に傾倒しているわけではないな、と。

ジオエリオンの言った通りだ。

彼女はまだ魔術に没頭していない。

もし没頭していたら、魔術の話が始まった途端に目の色が変わるし、口調も速くなるし、言葉の数も異様に増えるはずだ。

矢継ぎ早に垂れ流すはずだ。

思いつくままに、我儘《わがまま》に。

自分の言いたいことを。

たとえ相手が聞いていなくても。

思えば、クノンとジオエリオンはこの部分が上手く噛《か》み合っているのだろう。

ペースが似ていて、互いに互いが気になる話をずっとしているのだ。

楽しくないはずがない。

「土属性か。いいね」

彼女の背後にあるのは、研磨していない巨大な水晶だ。

つまり鉱石である。

だから土属性だろうとは思っていた。

経験上、火、土の魔術師に憑いていたのは地上の生物だったので、あの水晶も何かしらの生き物だとは思うが……。

まあ、それはあとでじっくり観察すればいい。

対面の位置からでは見えない部分だから、彼女に見つからないよう調べてみたい。

「そうですか？

でもわたくしは淑女なので、土遊びなんてできても嬉《うれ》しくないのですが……。

ああ、別に土魔術をバカにしているわけではありませんわよ？　あくまでも個人の趣味嗜好《しこう》というものです」

そこだな、とクノンは思った。

彼女が魔術に没頭していない理由。

それは、淑女であることと土遊びが結びつかないから。

掛け離れた存在だと思っているから。

「僕としては、土ほど美貌《びぼう》のレディ向きの属性もないと思うけど」

「うふ。まさか。もうお砂で遊ぶことを楽しめる子供ではありませんわよ、わたくし？」

「そう？　じゃあ試してみる？」

「何をですの？」

「――これからする僕の話を聞いて、君が土遊びを試したくなるかどうか。

当然、僕はその気にさせるつもりだけどね」

クノンは知っている。

まだまだ魔術の入り口辺りにいるであろう自分でも、知っている。

自分が語るのもおこがましいほど、魔術の世界は広いし深いことを。

土遊び？

砂遊び？

そんな次元に納まるものでは断じてない。

「……クノン先輩、笑顔が少し怖いですわよ？　不埒《ふらち》なことを考えているでしょう？」

セララフィラの鋭い指摘に、クノンは笑った。

確かに不埒なことかもしれないな、と。

そう思ったから。

「これから君を魔術色に染めることを想像するとね、楽しみで楽しみで仕方ないんだよ」

◆

「――あれは危険な人ですわ」

ジオエリオンからの質問に、セララフィラはそう答えた。

――クノンとは会えたか？

従兄《いとこ》であるジオエリオンの家に招かれ、夕食のテーブルに着いていた。

あえて寮住まいをはずして家を借りたセララフィラとは、ご近所である。

今日は、彼に勧められ、彼の友人であるクノン・グリオンに会いに行った。その報告をするためにやってきたのだ。

ジオエリオンも結果が気になっていたから呼んだのだろう。

クノンとは無事会えた。

短時間だが、ちゃんと向き合って話もできた。

だが、あれは……。

「あの方、わたくしを魔術色に染めてやると言って、無理やり……」

あの目を思い出すだけで背筋が寒くなる。

いや、目は出していなかったが。

だが眼帯越しでも、彼の強い意識と視線が向いていることは、確実に伝わってきた。

「無理やり?」

「あの手この手の興味深い話を始めたのです。わたくしはやめて、もう聞きたくないと懇願したのに。一切やめないで。自分勝手に欲望のままに我儘に。

まるでケダモノですわね、あれは」

吐き捨てるようにケダモノと言ったところで、同席しているイルヒ・ボーライルが吹き出した。

「わかる気がするであります。あの人は魔術の話になるとそんな感じであります」

その言葉から「私としては」と継いだのは、同じくガスイース・ガダンサースである。

「セララ様が走って逃げたという部分が面白かった」

——そう、セララフィラは逃げた。

立ち上がり。

カーテシーをし。

スカートの裾《すそ》を持ったまま。

脱兎《だっと》と化して、クノンの教室から全速力で逃げ出した。

優雅に礼をした後、スカートを少したくし上げて。

本気で走る淑女然とした子供——もはや淑女としても礼儀としてもギリギリである。

「笑い事ではありませんわ。

わたくし、あんなに本気で走ったのは久しぶりですわよ？

あんなに語り出すなんて……逃げないと危なかったわ。まんまと染まってしまうところだった
……」

染まってしまうところだった。

その言葉が出る時点で、すでに染まっている気がするのだが。

——さすがはクノンだな、とジオエリオンは思った。

こんなにも早く。

というか一度会っただけで、冷静で大人ぶった従妹の心を、ここまで乱してみせた。

「別に染まってもいいんじゃないか？　君が入学したのは魔術学校だぞ」

魔術に染まることに、何の問題があるのか。

せっかくの機会なのだから、本気で学べばいいだろうに。

「段階があるわ、ジオお兄様」

「段階？」

「いずれそうなることは、なんとなくわかっているの。

きっとわたくしが知らない土魔術が存在するのでしょう。そしてわたくしはそれに興味を抱くとも思います」

というか、すでに……。

クノンが語ったあれらに、すでに興味が――

いや、しかしだ。

「でも、入学早々は早すぎます。

わたくしはそこまで簡単な女ではありませんの。クォーツ家の女として、ちょろい女だなんて思われたくないわ。

最初は文から始めたいわ。それから徐々に会い言葉を交わし、ついに二人の手が重なり……そんな順序があると思うの。いきなり手を繋《つな》ぐなんてはしたないでしょう?」

――ジオエリオンにはよくわからない理屈だった。

貴族同士の付き合いにたとえられても、それとは違う話じゃないか。早い方が時間の無駄もなくていいだろう、としか思わないのだが。

しかし、イルヒが「乙女心でありますなぁ」と言っている。

そういうものなのかもしれない。

……いや、どうだろう。

イルヒも大概変わり者なので、彼女の語る乙女心が正しいのかどうか。

「クノンは何の話をしたんだ?」

「それが聞いてくださいよお兄様。あの方はまず――」

と、セララフィラは話し出した。

とても楽しそうに。

やはりもう染まっているとしか思えなかった。

◆

「――すごかった……」

クノンは呆然《ぼうぜん》としていた。

今、セララフィラが逃げ出した。

見事なまでの逃げ足だった。急に立ち上がったと思ったら、一礼して、走って研究室を出ていった。

女性の全力疾走なんて初めて見た。見えないが。

「ふむ……」

クノンは考える。

ついさっきまで対面にいたセララフィラは、もういない。

逃げられた。

つまり――そう。

「次は逃げられないようにしないといけないわけか」

さてどうしよう。

クノンとしては、土魔術の魅力を語っていただけに過ぎない。

なんだか彼女がちょっとぐずっていたが、構わず語り続けただけに過ぎない。

土魔術は、文字通り土に関する魔術だ。

だが一言で土と言っても、その幅は非常に広い。

彼女が言った通り土遊びも砂遊びもできるが、そんなの土魔術の表面上のことに過ぎない。

簡単に言えば、鉱石も当てはまるのだ。

熟練の土魔術師は、土だけではなく鉱石――金属をも自在に扱う。

魔技師ゼオンリーを師に持つクノンには、とても馴染《なじ》みのある属性である。彼の弟子として身近で見てきたものだ。

もし自分が水属性じゃなければ、土属性がいいと思うくらいに魅力的な属性だと思う。

「魔術を入れる箱」を開発していた時も思った。

「実力」代表ベイル、「調和」のエルヴァ、「合理」のラディオ。

特級クラスの先輩方の実力も確《しか》と見た。

だからこそ、語れることはたくさんある。

もし自分が土属性ならと想定して、試したいこともたくさんある。

クノンは土魔術を使えない。

だからこそ、語れることもあるのだ。

そんな情熱溢《あふ》れる紳士の語りを、セララフィラは受け止めず、逃げた。

次は逃がさない。

「……結局あれだよなぁ」

クノンが叶《かな》わない夢物語を語るより。

本職が現実的な夢を語った方が、よっぽど効果的なはずだ。

「――よし、エルヴァ嬢に相談してみよう」

彼女ならきっと。

セララフィラと同じ女性として、女性目線で土魔術の魅力を語れるだろう。

たぶん丸一日以上は。

余裕で。


早速クノンは背の低い塔へやってきた。

ここは「調和の派閥」の拠点である。

「あれ？　クノン？」

「クノン君？」

「あ、クノン君だー」

小鳥が囀《さえず》るかのような何人かの女性と男に声を掛けられたが。

クノンはまず、聞き慣れた声に反応した。

「朝露のように輝く可憐《かれん》な女性たちに囲まれて何してるの？」

相手は、同期のハンク・ビートである。

「メンツはたまたまだよ」

そう、偶然だ。

現在たまたま、ハンク一人に女子数名という構成になっているだけである。

――彼らは、拠点の出入り口前で、何かをしていた。

クノンは当然「何してるの？」と問い、彼は「遠征の準備だ」と答えた。

「遠征？　遠くに行くの？」

「遠くというか、数ヵ所行くというか。

すごく簡単に説明すると、研究や実験に使う素材を採取しに行くんだ。『調和』で使う半年分くらいをまとめてな。

派閥の半数以上は参加する予定だから、ちょっと大掛かりかもな」

なるほど、とクノンは頷《うなず》いた。

「『調和』では素材を共有するんだね」

「ある程度はな」

協調性がある生徒が集うという「調和の派閥」ならではだ。

ほかの派閥は、我が強い者が多い。

だから必要な物は各自で揃《そろ》えるのが普通だ。

しかし「調和」では、素材集めなども協力して行うらしい。クノンも必要な物は自分で用意するのが普通だと思っていたのだが。

だが、そう――

「特級クラスが十人もいたら、素材集めも相当楽だろうね」

クノンは知っている。

特級クラスが十数人もいれば、海の中だって探索できるのだ。

派閥の半数以上が参加すると言うなら、実力面では、絶対に問題など起こらないだろう。

「まあな。……で、君は？　まさか参加するのか？」

一応クノンは三派閥すべてに属しているので、同行してもおかしくはない。

「とても興味はあるけど、今は別件だよ」

遠征である。

同行すれば、何日かディラシックには帰ってこられないだろう。

泊まりがけでクノンが行くとすれば、当然侍女も一緒に連れていくことになる。

さすがに急には決められない。

そして何より、ここに来た理由は別にある。

「麗しのエルヴァ嬢はいるかな？　会いに来たんだけど」

「いるけど、準備に忙しいと思うぞ」

「そっか。どうしようかな」

彼女の活動の邪魔はしたくない。

だが、セララフィラのことを頼めそうな土属性は、彼女以外思いつかない。男の土属性の知り合いもいるが、よく知らない男に任されてもセララフィラが気にするだろうから、女性に頼みたい。

――様子を見て、相談できそうなら、する。無理そうなら今は諦《あきら》めて、改めて時間を作ってもらう。

ついでにランチにでも誘ってみよう。

とりあえずそんな方針を決めたクノンは、ハンクらと別れて、塔の中へと踏み込んだ。


顔見知りの女子たちに声を掛けられつつ、エルヴァを探すと。

「――あら、いらっしゃいクノン」

倉庫で在庫整理をしていた数名の中に、エルヴァを発見した。

「おはよう、エルヴァ嬢。暗い部屋でも君の輝きは星の瞬きのように瞬いてるよ」

「ありがとう。今日のあなたも素敵な紳士よ」

――周囲が若干「なんだこいつら」という白い目を向けているが、二人は気にしない。瞬きって二回言ったことも気にしない。

なお、昨今のエルヴァは徹夜をしていないので、ダサくはない。

今日も派閥一の美貌《びぼう》は健在である。

「忙しそうですね。ちょっと相談があって来たんですが、美しいあなたに時間がないなら出直します」

「相談？　内容によるわね。

時間が掛かりそうなら今はちょっと無理ね。この場で済むなら今聞くけど？」

「えっと……なんて言えばいいのかな……」

クノンは少し考えた。

彼女らは皆忙しそうだ。

今この段階でも、彼女の時間を奪ってしまっている。

長々説明はできない。

できるだけ手短に、用件だけを伝えるとするなら――

「まだ土魔術をよく知らない新入生に、土魔術の魅力を教えてあげてほしいなと」

そう言うと、エルヴァより先に、周囲の人が答えた。

「――相談乗ってやれよ」

「――おまえが少し抜けるくらい構わねえよ」

「――話聞いてきなよ。わかってるでしょ？」

「――そんなのカモ……何も知らない新入生には親切にするべきだわ先輩として。そう先輩として」

紛れもない後押しだ。

なんと優しい先輩方だろう。

「新入生……へえ……まだ土の魅力を知らない？　ふうん……」

エルヴァの美貌が妖《あや》しく輝く。

まるで草食獣《えもの》を見つけた美しき肉食獣のように。

「私でいいの？　私でいいのよね？　言っておくけど、土の魅力に触れたらもう戻れないけれど。それは構わないのよね？」

クノンも笑った。

無邪気に見えるところに、魔術師らしさを強く感じる。

「当然でしょう。土じゃなくても、魔術の魅力に触れて染まらない人なんていないでしょ？」

そう、悪気など一切ないのだ。

だからこそ問題なのかもしれないが。

「そうね。言葉ではなんとでも言えるけれど、身体《からだ》は正直だものね」

「仮に最初は嫌がっても、染まるまで教え込めばいいだけだし」

「それに少しくらい抵抗してくれた方がこっちも楽しいわ」

不穏。

お互いににこやかだが、そのやりとりはただただ不穏。

だが、問題ない。

なんの問題もないのだ。

周囲の生徒たちも、似たような笑みを浮かべている。

——特級クラスで魔術に染まっていない者など、いないのだから。


エルヴァと簡単な打ち合わせをして、塔から出てきた。

思った以上に短時間で済んだ。

だが、それを凌駕《りょうが》する光景があった。

「え？　何これ？」

やってきた時、塔の出入り口にはハンクたちがいた。

彼らが何かをしていたのは把握している。

だが、何をしていたかは聞いていない。

これはいったい何なのか。

「用事は済んだのか？」

またハンクに声を掛けられた。

「ハンク、これ何？」

これはなんと表現すればいいのか。

とにかく巨大な金属製の何かが、そこにある。

「お、さすがのクノンもこれは知らないか？」

知らない。

だからこそ、わくわくしてくる。

「これはな、魔道飛行船っていう空飛ぶ船だ」

空飛ぶ船。

そうだ、これは船の形だ。

マストも客室もない、船の下側だけ。

瓜《うり》のような形の金属塊だ。

「これが！　話には聞いてたけど、これなんだ！」

いつだったか、師ゼオンリーに聞いたことがある。

――「でっかい魔道具だって作ったことあるんだぜ。この天才の俺がちょっと手伝ってやった、空飛ぶ船ってのがな」と。

文字通りの意味で、空を飛ぶ船だと言っていた。

当時のクノンは、その原理にばかり注意が向かった。

今はどこにあるかとか、現在どうなっているかとか、その辺は聞かなかった。

その答えは、今ここに、だ。

どんな話の流れで、これを作ることになったのかは知らないが。

学生だった頃の師ゼオンリーの痕跡《こんせき》は、ここにもあったのだ。


「さすが師匠だなぁ」

クノンは唸《うな》った。

唸りっぱなしだった。

ハンクに頼み込み、特別に魔道飛行船の内部を見せてもらっていた。

内装はほぼない。

外装と同じく金属剥《む》き出《だ》しである。

がらんと空洞があり、ここに荷物を積んだり人が乗ったりするそうだ。

あくまでも貨物船扱いだ。そして組み立て式だから、余分なパーツを増やしたくもなかったのだろう。

椅子なども設置されていない。

荷を優先するからである。

人間用スペースを備え付けるくらいなら、そのスペース分荷物を積みたいわけだ。

飾りらしいものといえば、荷を固定するロープ用のフックくらいである。まあ、飾りではなく実用するものだが。

「ハンク、床って外せる？」

「タイルか？」

「魔法陣があるでしょ？　見たいんだけど」

「やっぱり興味あるか？」

ハンクに頼み、床に敷いた金属タイルを一枚外してもらう。

その下には、びっしりと魔法陣が描かれていた。

この船を魔道具たらしめる仕掛けだ。

全容はかなり大掛かりなようだが――

「……意外と単純な造りなんだな」

効率を極めた技術とは、一種の芸術品のようだ。

一見複雑だが、実はそうでもない。

だからこそセンスを感じる。

それだけ無駄がない、無駄を削《そ》ぎ落《お》としているということだ。これも一種の機能美と言えるのかもしれない。

――この仕事を、ゼオンリーは今のクノンとほぼ同年代で完成させたという事実。

さすがは自他ともに認める天才だ。

去年一年。

彼がいろんな問題を起こしていた痕跡も見つけたが、こうして実績と呼ぶに足る痕跡もたくさん見つけた。

師は、あらゆる意味で問題児だったようだ。

まあゼオンリーらしいとは思うが。

「私は魔道具はよくわからないが、こんな大きなものを造ったってのがすごいよな」

ハンクは聞きかじった情報を簡単に説明してくれた。

曰《いわ》く、これは過去の「調和の派閥」総員で作り上げたもの。

いくつか魔道飛行船の雛形《ひながた》みたいなのはあるが、これが一番完成度が高い、だそうだ。

人が空を飛ぶための魔道具。

属性に関係なく、魔力さえあれば鳥のように飛べる。

なかなか魅力的な話である。

そんな魔道具の夢を見た特級クラスの生徒、及び教師は少なくなかった。

そこで、この魔道飛行船が開発されたわけだ。

積載量。

速度。

安定性。

外観こそ無骨で大きな浜釣り船のようだが。

しかし、性能は違う。

それまでにあった飛行魔道具とは、明らかに一線を画す完成度を誇るそうだ。

過去の飛行船とは別物、というくらいに。

「特級クラスってすごいね」

冷静に考えると。

この魔道飛行船もすごいが、三派閥の拠点になっている建造物も、過去の生徒たちの成果なのだ。

「実力」は亡国の古城を再現したもの。

隅から隅まで見て回るなら丸一日くらいかかるんじゃないか、というほど巨大な建物だ。

「合理」は人工ダンジョンを再利用した地下施設。

現在では、地下何階まであるのか誰も把握していないほど、深いそれとなっている。

そして「調和」の背の低い塔も……まあ、クノンは聞いたことはないが。

たぶんあれも特級クラスの仕事だろう。

「だよな。私は『調和の派閥』に入りたくて、何年も無駄に下積みを重ねたんだ。絶対にここがいい、特級クラスに入って『調和』に属したいと思ったから」

――慎重になりすぎたゆえに、だ。

ハンクは何年も下積みをしてきた。その結果、正式に入学したのは、結局十八歳になってからである。もうしっかり大人である。

「ちゃんと入れたなら無駄ではなかったと思うよ」

魔術師に年齢は関係ない。

だから、ハンクの年齢などクノンは気にしない。

ただし。

「でも君は同期だからね。だから僕は君を同級生扱いするからね」

「別にいいよ」

そんなこだわりがあったことさえハンクは知らなかった。

それくらいクノンは最初からタメ口だった。

「ハンク先輩とか呼ばないからね」

「それこそ今更もういいよ」

もう二年目に入っている。

今更の話である。


師の仕事をしっかり堪能して船から出ると、「調和」代表シロトがいた。

彼女も準備に参加しているらしい。

「おまえも来るか?」

挨拶《あいさつ》をすると、すぐに問われた。

一緒に遠征に行くか、と。

「行きたいんですけど、ちょっと話が急すぎて……」

クノンは苦い顔をする。

飛行船には乗ってみたいし、遠征自体も楽しそうだ。実に興味深い。

ただ、新年度が始まったばかりである。

一日二日で終わるならまだしも、二週間前後の日程と言われると、さすがに躊躇《ちゅうちょ》してしまう。

今この時、他にやるべきことがある気がする。

せめて一週間くらい前に知ることができていれば。

あるいは、新年度が始まって一ヵ月くらい経っていれば。

それならクノンも準備ができたのだが。

「明日出発ですよね？」

「ああ。明日の早朝だ。……その様子だと無理そうだな」

「ちょっと厳しそうです。興味はあるんですけど」

「仕方ない。そういうこともあるさ」

クノンは泣く泣く、この遠征は見送る方向で考えていた。


翌日。

「お届け物でーす」

クノンの研究室に手紙が届いた。

「ご苦労様です」

持ってきた生徒から手紙を受け取り、差出人の名前を確認してすぐに開封した。

――エルヴァ・ダーグルライト。

昨日、相談事を持っていった人からの手紙である。

もしかしたらデートの誘いか。

あるいは、セラフィラについての何かだろうか。

エルヴァは今朝、派閥の遠征に同行したはずだ。出発する前に書いたのか、それとも昨日書いたのか。

まあ、とにかく。

中身が気になるので、読書を中断して先に確認することにした。

「……仕事が早いな」

クノンは呟《つぶや》いた。

手紙の内容は簡潔にまとまっていた。

――「遠征にセラフィラを連れていくことが決まったから連れていくね」と。

昨日の今日なのに、エルヴァは早速、本気でやってくれるようだ。

戻ってくる頃にはきっと染まっているだろうな、と思った。

幕間《まくあい》　―紫水晶との出会い／雷光との出会い―

校門を潜《くぐ》ったところで、とても澄んだ声で名を呼ばれた。

「あなたがセララフィラ？」

――はい、そうです。

急いで振り返るのは優雅ではない。

一拍置いて振り返ること。

スカートを揺らさず。

髪を揺らさず。

帽子がずれないように。まあ、今日は帽子はかぶっていないが。

帝国式の作法に則《のっと》り、セララフィラはゆっくりと振り返る。

そして――固まる。

整った顔立ちも、プロポーションも際立っているが、何よりその瞳《ひとみ》。

透き通った紫水晶のような瞳。

こんなに美しい瞳を、セララフィラは見たことがなかった。まあ違う美しいは何人も見てきたとは思うが。

しかし、いつだって目の前の人が一番美しいのだ。過去の誰かより現在の相手が一番輝いているものだから。

「わたくしがセラフィラです。紫水晶の瞳を持つ美しいあなたはどなたですか？」

「あ、はい。……私はエルヴァと言います」

「エルヴァお姉さま……わかりました。今、生涯忘れないお名前となりましたわ」

「あ、そうですか……」

――エルヴァは一度咳払《せきばら》いをし、仕切り直した。

セラフィラの、なんというか、彼女を頼んできた眼帯の少年と似ている言動に、ちょっと戸惑ってしまったが。

そういう人だ、と納得すれば大丈夫だ。

魔術師には変わり者も多い。多少変人であろうと避ける理由にはならない。

「クノンに頼まれたの。知っているわよね？」

「ええ。素敵な眼帯の紳士ですね」

「うんそう紳士。紳士だよね。で、同じ土魔術師として色々教えてあげてほしいって言われてね、セラフィラのことを教えてもらったの」

クノンはいい仕事をした！

淑女教育の行き届いたセラフィラは、内心の興奮をわずかたりとも表に出さない。

帝国淑女は慎《つつ》ましやかであり、あまり激しく感情を出さないものだ。

もし出す時は、余程の時だけである。

「ではお姉さまがわたくしの全てを見てくれるとおっしゃるのね⁉」

ちょっと興奮が出てしまったかもしれないが。

エルヴァは優雅に微笑《ほほえ》んだ。

「ええまあそうね、うんそうよ。とりあえず行きましょう？」

「行きますわ！　素敵なお姉さまとならどこまでも共に！」

ちょっと感情が出てしまったかもしれないが。

エルヴァは満足げに頷《うなず》いた。

◆

「――これは……!?」

紫水晶を思わせるエルヴァの瞳、そして美貌《びぼう》にも驚いたが。

目の前にある、巨大な船にも驚いた。

風を捉《とら》えるマストも、航海中の災いを拒む船首像もない、笹舟《ささぶね》のような形だが。

それでも、これはまぎれもなく船である。

さすがは魔術学校。

芯《しん》の通った帝国淑女であるセラフィラを、何度も驚かせてくれる。

麗しのエルヴァに連れてこられたのは、背の低い塔である。ただしそれでも巨大な建造物だが。

あくまでも上が短いだけだ。

ここはなんだろう。

校舎には見えないが――しかし、それより。

「魔道飛行船っていうの。空を飛ぶのよ」

「空を……!?　この船がですか!?」

その塔の目の前にある、船の方が衝撃だ。

「ええ。これから派閥……いえ、仲間内でこれに乗って、魔術に使う素材を集めに行くの。年度初めの恒例行事だから」

「楽しそうですわね」

仲間内と何かをする。

上位貴族の娘だけに、セラフィラにはあまりなかったことである。これから自分もこんな機会があるのかも、と思った。

「セラフィラも一緒に来る?」

「行きます!」

エルヴァに誘われたのなら、行くしかない!

「あ、ほんとに?」

――誘ったものの、エルヴァは期待していなかった。

あくまでも会話の流れ、ちょっとした冗談のつもりだった。

まさか即答するなんて。

「でも二週間くらい帰ってこないけど、大丈夫?」

「あ……それは、ちょっと……」

それはまずい。

何の準備もしていない。

荷物もない、着替えもない、日用品もない。

それより何より、家の使用人に告げていない。

帝国淑女云々《うんぬん》以前に、子供が無断で急な外泊など決めるものではないだろう。しかも一日二日どころか、二週間もだ。

「エルヴァお姉さまと一緒にいたいですし、船にも興味はありますが、さすがに急すぎますわ。行きたいけれど……」

「それはそうだと思うから、気にしないで」

――そもそもエルヴァは冗談のつもりだった。

セラフィラに申し訳なさそうな顔をさせたことに、若干の罪悪感さえ覚える。

そんな時だった。

「――そろそろ出るぞ、エルヴァ」

「……！」

近寄ってきたポニーテールの女性に、セラフィラは衝撃を受けた。

――凛々《りり》しい。

まるで雷のような、鋭い強さを感じる。

淡い色の碧眼《へきがん》は、皇族のような強い青ではなく、どこか儚《はかな》げで。

しかし彼女の持つ雰囲気は、瞳の印象を裏切るように、非常に強い。

「……ん？　そちらは誰だ？」

彼女の碧眼が向くと、セララフィラの胸は高鳴った。

弱々しく見えるのに、でも強い瞳。

そのミステリアスなギャップに目が眩《くら》みそうだ。

「新入生のセララフィラ。クノンの紹介で連れてきたんだけど、まずかった？」

「まずくはないが、タイミングが悪いな。もう遠征に出るぞ」

もう遠征に出る。

それはつまり、すぐにお別れという意味で――

「――行きます！　わたくしもお供に加えてください！」

気が付いたら、セララフィラは叫んでいた。

第二話　キームの村にて

昼を過ぎた頃には、クノンの商売も落ち着いてきた。
「こんなもんかな」
一つ頷き、クノンはペンを置いた。
行きたかった「調和」の遠征を見送った理由は、今、目の前にある。
魔術学校二年目にやりたいことリストである。
漠然と実験・研究・開発したいと思っていること、それらを書き出してみたのだ。
要は、今年一年の目標である。
だが、まだ思いつく限り書いてみただけのものだ。
実際できるかどうか。
どれくらいの時間が掛かりそうか。
人手は必要かどうか。必要なら何人いるのか。誰が欲しいのか。
着手する前に、じっくり考えるべきだろう。
「……」
さて、どうするか。
項目を一つずつ見ていく。

そして、その中からできそうなものを、いくつかピックアップしてみる。

一、高速船の作製。
正確には船ではなく、船の速度を上げる魔道具を作るのだ。

直近で空飛ぶ船を見ただけに、若干興味が薄れたものの。

しかし、あれは構想しているものとは別物だ。

クノンが作りたいのは、水上を走る従来の船の方だ。開発に成功すれば、これは大きな商売の芽になると思っている。

高速船は存在する。

風魔術師がそれを可能にするのだ。

だが、この魔道具ができれば、風属性以外でも船を高速で走らせることができるようになる、はずだ。

完成したら、運送会社を立ち上げるもよし。

高速船につける魔道具だけを売りつけるのもよし、だ。

「風を作る魔道具」か、それとも「水中で推進力を生む魔道具」か……その辺はまだ決まっていない。

二、霊草栽培。
聖女が独占している状態にある、霊草の育成と栽培。

クノンは、水属性でも栽培ができるのではないか、と考えている。

きっかけは、先の水耕栽培だ。

自分でも予想以上の結果と成果に驚いた。こんなにも変化があるのか、と。

それを踏まえて、できるのではないかと思ったのだ。

ただ、これに関しては別の問題がある。

植物の成長を待つ必要があるので、時間が掛かる。

そして何より、霊草の種や苗に掛かる資金が膨大になるだろう。貯蓄はあるが、安易に手を出すとすぐに底をつきそうだ。

まだ時期尚早、という感はある。

だが、植物の栽培となれば、ほかの開発実験と並行して行うこともできるだろう。

まずは小規模で。

そして長期的に。

一つ二つだけ種を仕込んで様子を見るのも、悪くないかもしれない。

三、聖地の調査。
世界には聖地・聖域という特別な場所がある。

簡単に言うと「特別な魔力を帯びた土地」というものだ。

その地でしか育たない霊草や、植物類。

それらを直接見てみたいと思っている。まあ見えないが。

――クノンとしては、聖地・聖域の水に興味がある。

土地は特別。

だから聖地・聖域と言われている。

ならばそこにある水は？

もし水も特別なものなら、ぜひとも調べてみたい。

その上で、水魔術で再現してみたい、と考えている。


「……うん」

今すぐ一人でできそうなのは、この三つくらいだろうか。

他は、一人でやるには手が足りなそうだ。

手伝ってくれそうな人に相談し、時間を作ってもらう必要があるだろう。

去年の「魔術を入れる箱」の時のように。

「とりあえず霊草栽培をしてみようかな」

これは今すぐできそうだ。

構想はあるし、仕込んでしまえば時間を待つだけである。

よし、とクノンは立ち上がり――と同時に、ドアがノックされた。

「こんにちは、クノン君」

どうぞと答えた先には、クノンの第一の師であるジェニエがいた。

「あ、美しい人だ。今日も美の女神に嫉妬《しっと》されて生きてる感があって大変ですね」

「うん、ちょっと言ってる意味がわかんないけど」

ジェニエはクノンの軽口を適当に流し、続けた。

「忙しい？」

「今は大丈夫ですよ。当然、あなたのためならどんなに忙しくても隙間時間を作りますけど」

「隙間時間……あの、大丈夫なんだよね？」

ジェニエは今一度確認したが。

クノンももう一度「今は本当に大丈夫ですよ」と答えた。

「ちょうどこれからすることを考えてましたよ。……あ、僕としたことが。女性を立たせたまま話をするなんて。

どうぞ中へ。この紳士の前に座ってください、レディ」

「ありがとう。でもすぐ済むから」

クノンの誘いを、ジェニエは丁重に断った。

この散らかった部屋のどこに座る場所があるのか、と思いながら。

「私はサトリ先生の伝言を持ってきただけだから」

夏季休暇の間は会っていないので、個人的にちょっと近況も聞きたかったが。

なんだかんだクノンはいつも忙しそうなので、ジェニエは用件だけで帰ることにした。

「サトリ先生？」

サトリ。

その名を聞いて、クノンの目の色が変わった。眼帯の下で。

「美の女神に嫉妬されて地上に落とされた堕天使からの伝言ですか？」

「あーそうそう。その堕天使先生からの伝言ね」

ジェニエはちょっと面倒臭くなってきた。

「ほら、例の虫。覚えてる？」

「水踊虫《すいようちゅう》ですね？　もちろん覚えてますよ」

少し前に、サトリの研究室で見た虫だ。

毒素を含んだ水を綺麗《きれい》にする、という性質を持つ水踊虫《すいようちゅう》について、いろんな実験をした。

「必要な実験が終わったから、今度は現地で試してみるんだって。

そこで、雑用としてクノン君も一緒に来ないか、って」

「――行く！　行きます！　……あ、いや、日程を聞かないと何とも言えません」

憧《あこが》れのサトリからのお誘いである。

クノンとしては、二つ返事で承諾、したかったのだが。

「調和」の遠征と同じである。

日帰りか、一泊二泊くらいなら。

それならぜひ行きたいのだが、あまり長くなるようなら準備が必要だ。

急な話はちょっと困る。

「あ、どうだろうね。

私は授業があるから行けないのよ。だから詳しくは聞いてなくて……興味があるなら本人と話してみれば？」

「わかりました」

クノンはジェニエとともに、サトリの研究室へ向かうことにした。

◆
「――というわけで、ちょっと遠出しようと思ってるんだけど」

夕食の時間。

帰宅したクノンは、食事をしながら、給仕している侍女リンコにこれからのスケジュールを話していた。

「日帰りできるんですか?」

「うん。距離的に問題ないみたい」

サトリに誘われた実験。

詳細を聞くと、飛べれば現地とディラシックの日帰りができる距離だ、とのことだ。

移動時間は丸一日で、毒の沼地がある場所へ行くそうだ。

ただしそれは馬車か馬で、の話だ。

クノンは飛べるので、日帰りが可能なのだとか。

サトリらは現地で宿泊するそうだが。

「いきなり泊まりでどこか行く、って言われても困るでしょ?」

「困りませんよ。クノン様を最優先するに決まってるじゃないですか」

「ほんと？」

「お金かクノン様のどちらかを選べって言われたら迷いますけど、それ以外だったらクノン様を選びますよ。それが私の愛」

と、侍女はお盆を胸に抱いて宣言する。

これは相当愛されてるな、とクノンは思った。

たぶん一万ネッカ分くらい愛されているなと、実感した。

「でも本音は？」

「クノン様を最優先はしますが、一応ご近所との付き合いもありますので、急だと少し困りますね」

——侍女のご近所付き合いは、ここでの生活の基盤のために存在する。

周辺の情報を得るため。

情勢の情報を得るため。

主婦のお役立ち情報や、夫婦・家族トラブル情報を野次馬気分で得るため。

そして、急な用事ができた時。

後のことや家のことを頼めるだけの信頼を築くため、だ。

それらを些細《ささい》と見るか重要と見るかは、人それぞれだろう。

侍女は大切だと思っている。

だからそれなりに、周囲の人たちとは上手《うま》く付き合ってきたと思う。

おかげさまでご近所トラブルはほとんどないし、近所の人と犬がクノンのことを気に掛けて見ているのも、侍女の立ち回りのおかげだったりする。

まあ、クノン自体の受けも良いようだが。

「でしょう？　だから今回は僕だけ行こうかと思ってる。日帰りで通って帰ってくるから」

「わかりました」

出発は二日後。

実験期間は、一週間から二週間だと言っていた。

クノンは日帰りし、その間は通うことになる、と。

この間、学校へは行かないことと、少しだけ門限を遅くしてもらうこと。

その辺りの細かな話を詰めていった。


今回の「水踊虫《すいようちゅう》の実験」は、毒の沼地がある場所で実地される。

いわゆるフィールドワークである。

準備のために設けた二日間はすぐに過ぎ、約束の日がやってきた。

登校するには早すぎる、まだ空が暗い早朝。

校門前にサトリらの姿があった。

今回のチームはクノンを入れて四人体制だ。

サトリとクノン、そして特級クラスの男女二人である。この二人もサトリを師と仰ぐ者たちだ。

話したことはないが、顔くらいは知っている先輩方である。

改めて自己紹介し合った。

男性はザリクス、女性はサイハ。

どちらも「実力の派閥」の生徒で、水属性だそうだ。

「――んじゃ行くかい」

最後にやってきたクノンが合流し、出発となった。

「荷物は任せたよ、助手ども」

そう言うと、サトリが魚に呑《の》まれた。

急に現れたのは、水でできた魚だ。

サトリは立ったままで、頭から足まで全身を食われ、そのまま浮く。

「へえ！」

クノンが興味津々で見ている最中、それはふわりと浮き上がり、尾びれを振って進み出す。

空へ向かって飛び、大空をうねりながらサトリを呑み込み泳ぐ水魚は、あっという間に小さくなっていった。

――使用する魔術は違うが、理屈はクノンの飛行と同じだ。

原理は単純である。

飛ぶ、浮かぶという特性を持つ水魔術を使用し、自分ごと発射するのである。

ただし、速度は段違いだ。

あの水魚、クノンが出せる最高速度でも追いつけないだろう。それこそ使用する魔術の違いである。

サトリが使用したのは、恐らく中級魔術だ。

まだクノンが習得していない類のものである。

「早いな」

「早いね」

「速いですね」

荷物とともに残されたザリクスとサイハ、そしてクノンは言った。

「速いですね」

「早いね」

「早いな」

「おまえ覚えた？」

と、ザリクスがサイハに話を振ると、彼女は「まだ不安定。ちょっと自信ない」と肩をすくめる。

「さすがサトリ先生だよな。やっぱもう習得してたな」

「だねぇ。似たようなことはできるけど、あの速度を出しつつあの安定感だもんね。ほんと教師陣の才能って恐ろしいわ」

「な。いつ練習してたんだか」

「……？」

クノンは、会話の内容に少し違和感を覚えた。

「もう習得ってどういう意味ですか？」

ちょっと考えたがわからなかったので、素直に聞いてみた。

「ん？　ああ……サトリ先生には内緒だぞ？　あの人の面子《メンツ》もあるからな」

そう前置きして、ザリクスは教えてくれた。

「おまえが水魔術で空を飛ぶ方法を公開しただろ？」

公開した、というか。

いろんな場所で見せただけだが。

「それまで、水で空を飛ぶって発想がなかったんだ。長距離移動の際は風魔術師を雇うのがセオリーだったからな。

だからサトリ先生も俺たちも、最近まで空を飛ぶ方法を知らなかったんだ」

なるほど、とクノンは思った。

ようやく話が見えてきた。

「さっきの『早い』って、速度の話じゃなかったんですね」

クノンが言った「速い」は、飛ぶ速度のことだ。

しかし先輩方の言葉は、水魔術による飛行の習得速度のことだった。

そうであるなら違和感はない。

水で空を飛ぶ。

確かに、あまり考えることのない発想かもしれない。

足回りが弱いクノンだからこそ、地面から足を離す方法を考えたのだ。

それを発展させた先に、水による飛行がある。

足回りが弱くない人は、あまり考えそうもないことかもしれない。

「サトリ先生、これまでの長距離移動は、海を呼び出して船に乗っていくって感じだったのよ」

「何それ!?　そっちの方がすごいですね！」

海を出すとか。

そんな大胆かつ豪快な飛び方、クノンは考えたこともない。

というか、それは確かに飛ぶとは言わない。

水の浮力を利用して船を運ぶ、という感じだろうか。

何にせよすごいことだが。

ジェニエの授業の賜物《たまもの》で、クノンは小さな細工は得意になったが。

それに伴うようにして、考え方や発想までも、小さくまとまっていたかもしれない。

どちらがいい、という話ではない。

性分だったり向き不向きもあるので、比べるものでもない。

だが、どちらが得意であろうとも。

どちらもできる、というのは、できることの幅が広がりそうではある。サトリはきっとどちらも得意だろう。だから純粋に尊敬する。

「俺たちも行こうか」

「荷物、二人に任せていい？　私はまだ自分の移動だけで精一杯だわ……」

「じゃあ僕が運びますね」

クノンは実験器具を積んだ荷車ごと、生み出した水魚の中に入った。

サトリの真似だ。

今回は「水球《ア・オリ》」に乗るのではなく、中に入ってみた。

同じように飛んでみたくなったのだ。

使用した魔術は違うので、やはり速度に差があるが。それでも快調に飛んでみた。

こうして、水踊虫《すいようちゅう》の実験が始まる。

◆

「あっ‼」

その声は届かなかった。

外見に似合わぬ素早さで走り寄るが——時すでに遅し。

「……不覚」

目標は空の彼方《かなた》へと遠ざかっていく。

速度もあるし、何より地形を無視していることだ。

もはや走っても追いつけまい。

水魚はどんどん遠くなっていき、視認できない距離へと大空を泳いでいく。

「……はあ……」

溜息《ためいき》が漏れた。

——ルージン・ガヴァント。六十歳。

細身の長身に、しわ一つない使用人服を着た老人である。

ただし佇《たたず》まいも眼光も姿勢のよさも、ナイフのように鋭利な印象を与える。

「……」

しばし呆然《ぼうぜん》としていた。

参った。

不覚。

これほどのミスなど久しぶりだ。

思うことはあるが、やはり、真っ先に考えるのは――

「セララお嬢様、今いずこに……」

そう呟《つぶや》き、踵《きびす》を返す。

足早に去っていく背中は、心なしか寂しそうだ。

――彼は、クォーツ家の執事である。

セララフィラが帰ってこない。

――「先輩から『空飛ぶ船に乗るから見学に来ないか』と誘われましたので行ってきます」と、伝言だけ残して。

それから、もう数日が経過している。

その間、セララフィラは家に戻ってきていない。

つまり、行方不明になっている。

ルージンは泊まりだなんて聞いていない。

いや、事後報告で知った。

セララフィラを乗せた空飛ぶ船が発《た》った後、仔細《しさい》を伝える手紙が届いたから。

――「しばらく素材集めの旅に出ます。二週間くらいで戻ります。その間セララフィラは大切にお預かりしますのでご心配なく」と。

そんなふざけた内容の手紙が。

それからルージンは、手を尽くしてセララフィラの行方を追った。

しかし、はっきりわからなかった。

というか、知る者がいなかった。

魔術学校に問い合わせても「特級クラスの動きは学校は把握していない」と言われ。

更には「誘拐ですか？　でもご本人は承知したのでしょう？　だったら誘拐とは言えないのでは？」とも言われ。

泊まるだなんて聞いていないと訴えても、「でもご本人の承諾は出たんでしょう？」の一点張りで、どうにも話にならない。

ルージンは更に情報を集めるため、魔術学校の生徒たちに聞き込みをした。

その結果、空飛ぶ船に乗る前日、セララフィラがクノンという少年と接触したことを知る。

そして今に至る。

朝早くから校門前で張って、クノンという少年を捕まえて話をしようと思っていた。

眼帯を付けた少年と言っていたから、遠目でも一目でわかった。

だが、間に合わなかった。

彼は水魚に呑まれたような形で、どこぞへと飛んで行ってしまった。

「……はあ。入学早々にお嬢様が行方不明に……旦那《だんな》様に合わせる顔がない……」

老人の溜息は止まらない。

◆

ディラシックは国ではない。

だから国土や領土という言い方もおかしいのだが。

周辺国……聖教国セントランスの国境近くまで行った。

だが、境界線は越えていない。セントランスには入っていないので、だからここはディラシックではあるはずなのだ。

「曖昧《あいまい》だなぁ」

クノンは率直な感想を述べた。

キームの村。

森の近くに作られた小規模の開拓村である。

村に到着し、ここがどういう場所なのかを聞いた後の感想である。

上級貴族学校までは行っていないが、貴族としての基礎知識くらいは学んでいるクノンである。

領地の境が曖昧、領民の所属が曖昧。

そんなことはあり得ないと知っている。

いや、まあ。

国じゃないのに国のように成立しているディラシックが特別おかしい、と思えばいいのだろう。

あくまでも、違うのはディラシックだけだ。

「村の近くの森には、ちょっと特殊な生物や植物が生息してるんだ。素材が欲しい魔術学校の教師も生徒もよく来るよ」

と、サトリが続けて説明する。

森の奥に、目的地である毒の沼がある。

その毒自体が珍しいようで、毒の影響を受けて生息する生物・植物も、非常に興味深い素材となっているのだとか。

この村は、毒沼とその周辺環境を保持するためにできた面もあるそうだ。

「人体への影響は大丈夫ですか？」

傍《そば》に村ができているくらいなので、問題ないとは思うが。

「問題ないよ。おいそれと行けない森の深い場所にあるし、万が一の時は解毒剤もすでにあるしね」

「ああ、なるほど」

すでに対策ができていた。

だから毒沼の近くに人が住めるわけだ。


「――サトリさん、お久しぶりですな。ようこそキームへ」

村に入ると、村長を始めとした年寄りたち数名が歓迎してくれた。

「久しぶりだね。しばらく世話になるよ」

事前に連絡を入れていたおかげで、クノンらは即座に受け入れられた。

なお、出迎えに若者たちがいないのは、すでに働いているからだ。

彼らの案内で、大きな民家に通される。

時折やってくる魔術師たちのため、宿泊施設として用意された建物だ。

「すぐ出るよ。荷物を置いてきな」

村長らを見送り、早速現地へ行くことになった。

クノンは日帰り予定なので、泊まらないし荷物もない。

なので、サトリと共にザリクス、サイハを待つ。

「意外と近いんですね」

「日帰りできそうだろ？」

「そうですね。でもこれ、冷静に考えると、魅力的な女性と一緒に泊まるチャンスを逃したってことですよね？」

「あ？」

「サトリ先生との外泊チャンスをみすみす見逃す、か……生涯悔いる僕の汚点になりそうです」

「そうかい。そりゃ残念だったね」

——二年生になっても変わらんな、と思いながらサトリは適当に流す。

そんな話をしていると、ザリクスとサイハが戻ってきた。

「じゃあ行こうか」

今度は沼地まで飛んだ。


毒沼の調査・解明はとっくの昔に終わっている。

簡単に元のデータと現状を照らし合わせ、大きな変化がないことを確認し、次の工程に移る。

「先生、こんな感じでいいですか？」

「ああ、上等上等」

毒を帯びた土を回収し、戻ってきた。

そして持ってきた研究器具の準備をしていく。

元々魔術学校の生徒がよく来る村だけに、村はずれに研究用の建物がすでに設置されている。ここで宿泊もできるようになっている。

ここは所有者はいない。

強いて言えば、魔術学校のものである。ゆえに、教師や生徒が勝手に利用していいことになっている。

キーム村に維持費を払い、掃除だけはしてもらっている。

中には大した物はない。

しかし、広く、雨風が防げるだけでもありがたい。

四人は大きな一間に荷物を広げ、簡易研究施設を作った。

クノンも準備を手伝った。

片付けは大嫌いだが、実験も実験器具も大好きなので、ウキウキである。

今回はたくさんの水槽が必要になる。

ばらして持ってきた魔硬《まこう》ガラス製の水槽を組み立てて、ラベルを貼って並べていく。

そして、毒素を含んだ沼の土を入れていく。

吸い込まないように、鼻と口に薬草を挟んだ布を巻いている。

クノンも、眼帯をしている上に布まで装着している。

もはや顔全体を覆っている状態だ。

「やることはわかってると思うが、改めて説明しておく。

今回は水踊虫《すいようちゅう》を使った毒の中和・浄化実験だ。どれほどの数でどれだけの毒素を抜けるかを調べるために行う。

水質による効果の差を調べる、毒に汚染された環境で虫を繁殖させる、更にはその虫から毒素を抜き取る。

思いつく限り条件を変えて試すから、思いついたことがあったらなんでも言うように」

さあ、楽しい実験の始まりである。

水槽に土を入れ、いろんな条件を付けた水を注いでいくと、すぐに異臭が立ち込める。

少し乾かして持ってきたので、土の毒が気化してきたのだ。

つまり、イキイキとし出したわけだ。毒が。

「わくわくしてきますね」

「してくるな」

「先生早く虫入れましょう虫。先生虫」

クノンが言えばザリクスが即答する。サイハは待ちきれないようだ。

毒素に比例して生徒たちもイキイキしてきた。

いざ実験が始まるとなると、どうしてこう興奮してくるのか。

きっと今はまだ体力があるからだろう。

どうせ徐々に意識が死んでいき、一週間もしたら疲労と寝不足のせいで前後不覚になることも多くなるので、元気なのは開始直後だけだ。

◆

「――明日、魔術師たちが来るからな。気を付けろよ」

昨夜、父親は我が子にそう言った。

この村にとって、魔術学校からやってくる魔術師たちは上客である。

常人にとっては、毒に汚染された動植物なんて危険なものでしかない。

しかし魔術師たちは、なんのつもりか、それを有難がって高価で買い取ってくれるのだ。

キームは見た目こそ小さな田舎村だが、割と金回りは良かったりする。

必死になって野菜を育てなくてもやっていけるくらいに。

魔術師たちの金払いがいいからだ。建物の維持費だけでも、かなりの額を貰《もら》っている。

だから魔術師は歓迎する。

大人たちは皆わかっている。

だからこそ、子供たちには毎回ちゃんと言いつける。

会ったら挨拶《あいさつ》しろ。

仕事の邪魔をするな。

もし彼らから要望があればできる限り聞き入れ、無理だと思えば大人に相談しろ、どんな些細《ささい》なことでもいいから、と。

元々魔術師たちは、魔術関係にしか興味のない者たちばかりだ。

ゆえに、過干渉さえしなければ、何の問題も起こらない。

ずっとそうだったし、きっとこの先もそうだ。

少なくとも、村人の全員がそう思っていた。

――今年七歳になるこの村の少女も。

今回も、何も起こらないと思っていた。

「あっ」

少女が転んだ。

友達と一緒に走り回って遊んでいた少女が、石に躓《つまず》いて倒れた。

「いてて……」

思いっきり手のひらと膝《ひざ》を擦りむいた。

服は派手に汚れ、髪にも土がついた。

友達が慌てて「薬を持ってくる」と行ってしまい、少女はその場で座り込み待つことにした。

まあ、村の元気な子供である。

転ぶこともよくあるし、これくらいの怪我《けが》なら泣くほど痛くもない。

だから、何の問題も――

「――大丈夫？」

不意に聞こえた声。

聞いたことのない、落ち着いた男の子の声に、少女はドキッとした。

「え、あ……」

振り向いて見上げると、ベルトのようなもので目を覆った、少々異様な少年が立っていた。

見覚えがない。

身形《みなり》が立派。

きっと魔術師だ、と少女は思った。

「だ、だいじょぶ、です。あの、ほんとに――あっ」

ぶわ、と。

首から下、少女の身体《からだ》が水に包まれた。

水の中にたくさんの小さな泡が立ち、しゅわしゅわと音を立てて細かな気泡が舞い上がる。

「少しだけ目を閉じて、息を止めて――はい」

はい、と言われて。

少女は無意識に、言われた通り目と口を閉じた。

と――水が頭まで覆う感覚がして、すぐになくなった。

「もういいよ」

「……え？　あれ？」

目を開けると。

今、全身ずぶ濡《ぬ》れになったはずなのに。

目を瞑《つぶ》って、肌にはそう感じたはずなのに。

それなのに、身体、服、髪にいたるまで、すでに乾いていた。

親に怒られそうなくらい汚れた服も。

擦りむいた膝と手のひらに食い込んでいた土汚れも。

ややぼさぼさだった髪も。

全部綺麗《きれい》になっていた。

心なしか髪もつややかになり、ちょっといい匂いまでしてきた気がした。

「歩ける？」

「は、はい……」

少年は手を差し出した。

少女は戸惑い唖然《あぜん》としたまま、導かれるようにその手を取った。

少年の白く繊細な手にドキドキした。

見えない目に見られていることがはっきりわかり、なんだか恥ずかしくなった。

「可愛《かわい》いお嬢さん。君の家まで僕にエスコートさせてくれるかな？」

「……は、はい……」

ずっと戸惑い。

ずっと唖然としていた。

心臓の音がうるさくて。

でも、どこか現実味のない時間だった。

長かったような、短かったような。

気が付けば少女は自分の家にいた。

「……魔術師さま……」

何をしていても、思い浮かぶのは、眼帯の少年の姿だけ——

◆

「ほう。ほうほう。ふうん」

実験を始めて早三日。

通いであるクノンは、一晩の間に変化した水槽を観察する。

三日目。

この辺から、はっきりと変化が現れてきて大変興味深い。

幾つもの水槽に、細々条件を変えて作られた環境。

中にいる水踊虫《すいようちゅう》の成長と変化。

水質に応じて、水槽ごとの環境に差が出ている。

見た目の変化もあるが、これは想定内。

特に気になるのは——臭気だ。

「結構臭いが違いますね」

初日は、毒素の刺激臭がかなり立っていたが。

今は刺激臭にも違いが出てきている。

きっと毒素に働きかけている作用の差によるものだろう。まあ変化があろうとなかろうと、刺激臭は刺激臭でしかないので、あまり嗅《か》ぐことはできないが。

じゃないと鼻が壊れるし、身体にも悪い。

「そうなんだよ」

その話がしたかったとばかりに、ザリクスが観察記録を付けながら言う。

「魔法薬を入れた水だけ臭いに変化が出てるみたいだ。

薬の影響で虫の力を助長しているのか、それともその逆か。そこまではまだわからないが――」

「それこそ観察して解明したい部分ですね」

虫の解毒作用を増す魔法薬か、否か。

毒素を浄化する速度が増すか、それとも予想だにしない違う作用が働くのか。

そういう話だ。

魔法薬を使うと、突然変異のように脈絡のない変化を起こすことがある。

未《いま》だ魔力の解明がなされていない。

そうである以上、魔的要素がもたらす変化は予想できない部分が多いのだ。

「それにしてもこの虫って強いですね」

水槽の底には毒を含んだ土。

満たされた水は毒で濁り、見るからに人体に悪そうだ。

そんな水槽の中で、水踊虫《すいようちゅう》は普通にプカプカ浮かんでいるのである。

草に擬態しながら。

しかし、毒で死んではいない。

それどころか影響を受けている様子さえない。

どの水槽を見ても、虫はピンピンしている。

人で言うなら、毒の海に漂っているようなものなのだが。

「そこがサトリ先生の興味を引いたみたいね。正直私もここまで毒に強い生物がいるなんて思わなかった。面白い生物だわ」

そう言ったのは、同じく記録を付けているサイハだ。

「そうですね。僕もサイハ先輩と同じくらいこの虫に興味津々ですよ」

虫と同じくらい興味ある。

そう言われて嬉《うれ》しい女性は少ないだろう。

だが。

「えっほんと？　それは光栄だわ」

サイハは奇跡の少数派だったので、普通に照れた。

彼女も根っからの研究者である。

そんな話をしていると、外に出ていたサトリが戻ってきた。

「ああクノン。あんた植物に興味あるかい？」

戻るなりそう言い、会うなりクノンも「あります」と答えた。

「今沼地に生えてる草と種を取ってきた。こいつも浄化中の水槽にぶち込んでみて経過を見ようと思ってるんだ。

成長した草の毒含有率データを取りたいしね」

「わかりました。今水槽に入れている魔法薬を追加で調合すればいいんですね？」

「頼むよ。あたしは新しい水槽を用意する」

研究者同士は話が早い。

◆

「――はあ。めんどくさ」

魔術師は上客である。

それは彼女もわかっている。

だが、面倒臭いことには変わりない。

村長の孫娘は、今年十六になる。

小さな村の村長の家系なんて、ただの田舎者でしかない。しかし村の中では一番の権力者、王様のようなものだ。

彼女はこの村ではお姫様だった。

そんな彼女は今、重いバスケットを持って歩いている。

普段だったら荷物持ちなんてしない。

重い物でも軽い物でも、村の男の子たちが勝手に持ってくれる。だって彼女はこの村ではお姫様なのだから。

彼女が運ぶバスケットには、魔術師たちの昼食が入っている。

いつもなら祖父か祖母か、あるいは母が持っていくのだが。

今日はどうにも都合が悪いとのことで、孫娘が持っていくことになった。

いつもは激甘な祖父が、村長として直々に命じたのだ。

おまえが持っていけ、と。

村長として言われたら、さすがに断れないしごねられない。

村の代表として、責任を持って魔術師に運ばねばならない。

彼女には、魔術師に対する感想などない。

勝手にやってきて、村はずれの建物にこもって何かをし、いつの間にか去っていく。それだけの存在である。

だから、十六年この村で生きてきたにも拘《かか》わらず、会うことはほとんどなかった。

遠目でちらっと見かけることがあるくらいで、まともに話したこともない。

田舎者と都会人。

ただの庶民と魔術師。

文字通りの意味で、住む世界が違う住人だと思っていた。

まあ、なんでもいいのだ。

昼食を渡せば仕事は終わりなのだから。

さっさと終わらせて、村の男の子と遊ぼう。

皆、年頃の孫娘の気を引きたくて、競い合うようにちやほやしてくれる。

一番気に入った男の子と結婚して、所帯を持つ。

田舎者のお姫様は、そんなささやかな人生でいい。

それくらいで充分なのだ。

——そう思っていた。

「……え？」

魔術師が何かしている、村はずれの建物に近づくと。

村の子供たちが集まっていた。

わーわーきゃーきゃーと、何かを囲んで楽しそうに声を上げている。

何事かと思えば——子供たちの中心に、眼帯を付けた同年代か少し下くらいの少年が、微笑《ほほえ》みながら立っていた。

見覚えがないし、身形もいい。

きっと彼も魔術師の一人だろう。

何をしているのだろう、と訝《いぶか》しげに思い、声を掛けずに近づく。

と——その魔術師は孫娘を振り返った。

「そちらのレディ。君は何がいい？」

「は……はい？」

彼は眼帯をしている。

両目をしっかり塞《ふさ》いでいる。

にも拘わらず、孫娘に気づいたし、まるで見えているかのように顔を向けてくる。

「あ、いえ、私は昼食を届けに来ただけですので……」

そもそも「何がいい？」の意味もわからない。

少年のちょっと怪しげな眼帯姿に、孫娘の腰は少し引けている。

「そう？　じゃあ今度は君かな？　何がいい？」

眼帯の少年は、孫娘の近くにいた子に声を掛ける。

「馬がいい！　真っ白な馬！」

馬。

子供たちは本当に何をしているのか。

魔術師には関わるな、と言われているはずなのに。

そう思った瞬間、疑問は解けた。

「えっ!?」

気が付いたら、少年の隣に立派な白馬が佇《たたず》んでいた。

「すごーい！」

すごいすごいと子供たちが騒ぐ。

孫娘もすごいと思った。

驚きすぎて何も言えなかった。

何が何だかわからないが、とにかくすごいとしか言いようがなかった。

「乗ってみる？」

「乗りたーい！」

白馬を所望した子がそう言うと、少年は片膝《かたひざ》を突いた。

「それでは小さなお嬢さん。どうか僕の馬に乗ってください」

まるで王子様のように差し出される手。

子供は顔を真っ赤にして、少しもじもじして、ゆっくりと自分の手を重ねる。

――その光景に、孫娘は衝撃を受けた。

その優雅な所作、品の良い言葉遣い。

まさに。

まさに、夢に見る白馬の王子様のようだった。

そう思えば、あの少し怪しげな眼帯も気にならなくなっていた。

いや、むしろその下にある素顔が気になってきた。

きっと王子様のように美しいに違いない。

「ああ、あ、あの！　あの！」

子供をひょいと白馬に乗せた眼帯の少年に、孫娘は緊張しながら声を掛ける。

「私も！　私も乗りたい！　です！」

言ってから少し後悔した。

孫娘はバカじゃない。

自分の我儘《わがまま》や傲慢《ごうまん》が許されるのはこの村だから。この村限定のお姫様だから。ちやほやしてくれるのもこの村だからだ。

それくらいは知っている。

少年はこの村の人じゃない。

そんな彼に、子供を押しのけるように我儘を言うのは、きっと好《よ》くない。

だが、感情が抑えきれなかった。

田舎者のお姫様だって、一度くらい本物の王子様に会ってみたい。

田舎のくたびれた駄馬ではなく、都会の美しい白馬に乗ってみたい。

できることなら王子様の傍で。

女の子の夢が、目の前にある。

だから我慢できなかった。

——そんな後悔渦巻く孫娘に、少年は微笑み、言った。

「もちろん。こちらへどうぞ、素敵なお姫様」

この日から、昼食を運ぶ役目は彼女の仕事になった。

◆

「あ、こういうこともあるのか」

早朝。

ようやく朝日が昇った頃、通いのクノンはキームに到着した。

——上空から見たおかげで、すぐに発見できた。

キームの村から少し離れた草原に、魔道飛行船が停泊していた。

魔術学校で見た、あの船だ。

どうやら遠征に出ている「調和の派閥」は、この辺に来ているらしい。

きっとここら近辺の素材集めに来たのだろう。

まだ夏の暑さも厳しい初秋である。

今でも日は長く、クノンは毎日、かなり早くディラシックを発っている。

――そのせいもあり、まだクノンはセラフィラの執事と会っていない。

恐ろしく早い出発時間に加えて、出発する場所が学校付近からではなく、自宅から直接飛んでいる。

そんなクノンの行動は、老執事の待ち伏せを回避していた。

意図しないまま、ことごとく。

老執事はクノンの家を割り出している。

だが、伝言を残す、手紙を出す等の手段こそ考えているが、それに踏み込み切れない。

証拠が残りそうな……後々セラフィラ、ひいてはクォーツ家の名に傷が付く可能性を考慮し、慎重に動いているのだ。

何しろ上位貴族の娘の連日外泊である。

どんな真実があろうと噂《うわさ》だけで醜聞となるので、慎重になるのも当然だった。

もしこの時点で、クノンと老執事が接触し、情報交換をしていれば。

ここで「セラフィラをディラシックに連れ帰る」という選択肢があったかもしれない。

「おはようございます」

村はずれの簡易研究所に向かうと、サトリ、ザリクス、サイハはすでに活動を始めていた。

「久しぶりだな、クノン」

そして、「調和」代表シロト・ロクソンの姿もあった。

「あ、お久しぶりですシロト先輩。飛行船があったから、もしかしたら誰か来てるかもって思ってました」

ここに来たということは、目的は毒沼周辺の素材集めだろう。

ならば、教師であるサトリに挨拶《あいさつ》くらいはあるかも、と思っていた。

「そうか。我々は今日の夕方には発つから、先に挨拶と予定のすり合わせをしておきたくてな」

シロトは、サトリが実験に来ていることを知らなかった。

まず村に挨拶に行ったら、教師たちが来ていることを聞き、こちらにやってきたそうだ。

後から来た自分たちが邪魔をしないよう、打ち合わせに来たのだ。

ちなみにシロトとサトリは面識があるらしい。

「もう必要な物は揃《そろ》えたから、あたしらは沼には行かない。好きにしな」

「わかりました」

サトリとシロトの打ち合わせは非常にあっさりと終わり。

流れるように世間話に移った。

「南の山の太陽草、今年はかなり品質が良さそうです」

「それはいい情報だ。ストックしておきたいな」

「——ほう」

「少しなら融通できますが」

「ありがとよ。でももうじきこっちの実験も終わるから、自分の足で取ってくるさ」

「——ふむ」

「面白そうな実験ですね。察するに毒の中和ですか？」

「ああ。興味があるならあたしの研究室においで。こき使うついでに教えてやるから」

「——うん」

「はい、邪魔しない」

相槌《あいづち》を打ちながら二人の会話を至近距離で聞いていたクノンだが、サイハに襟首を掴《つか》まれ引き離された。

「邪魔はしてないし、しません。ただ僕は知的で聡明《そうめい》な麗しきレディたちの会話が気になるんです」

「紳士は女の話の立ち聞きなんてしないと思うけど」

そう言われては引き下がるしかない。

確かに紳士はそんなことはしないから。

仕方ないので、クノンも観察記録を付ける従来の作業に入ることにした。

——そしてこの時のクノンは、セラフィラのことなど、すっかり忘れていた。

◆

「……ふう」

ようやっと日陰に入ると、彼女は溜息《ためいき》を吐《つ》いた。

足と腰が痛いのはいつも通りだが。

この時期は、陽射《ひざ》しもつらい。

御年八十を過ぎた小柄な老婆である。

「無駄に長生きしちまった」というのが彼女の口癖だ。

生まれも育ちもこの村で。

結婚したのもこの村の男で。

もうじき来そうなお迎えも、きっとこの村で。

小ぢんまりとした小さな世界での一生だったが、割と悪くない人生だったと思っている。

この歳《とし》だ、先に逝った旦那《だんな》を追う覚悟もとっくにできている。

身体にガタは来ているが、頭はしっかりしている。

だが、今はこの暑さのせいか、少しばかりくらくらしていた。

冬は寒さのせいで身体が動かなくなるが。

夏は夏で、老体には堪《こた》える。

まあ、暦の上では、今は秋のはずなのだが。

それにしても、暑い。

「……ありゃ」

頭がくらくらすると思えば。

今度は視界がぐるぐるしてきて、視点が大きく揺れる。

老婆は目を伏せた。

——いよいよお迎えか。

まあいい。

心残りはない。

子供たちは立派に所帯を持っているし、孫たちも元気だ。

役立たずで穀潰《ごくつぶ》しの年寄りが長々居座るもんじゃない。

先に逝った旦那が待っている。

昨今、覚悟をして日々を過ごしていた老婆は、いつにない己の体調に死を予感した。

ゆっくりと身体が傾く。

持っていた杖《つえ》が先に倒れ、そして——

「おっと。大丈夫ですかレディ？」

受け止められた。

「……ああ、水分不足かな？」

朦朧《もうろう》とする意識の中、老婆は薄く目を開く。

「もういいよ。私ゃ充分長生きした。ほっといておくれ」

そこには見覚えのない少年がいた。

身形がよく、眼帯をしている。

きっと村に来ている魔術師の一人だろう。

その少年は、ほがらかに笑った。

「あはは、気が早いなぁ。こんなに若く美しい女性が充分長生きした、なんて。そんなに生き急がないでください」

——こいつは何を言っとるんだ、と老婆は思った。

「あなたのような素敵なレディがこの世からいなくなるなんて、想像もしたくない。全世界の男ががっかりしてしまいますよ」

——こいつは本当に何を言っとるんだ、と老婆は思った。

正気を疑った。

自分が正気じゃないのか、相手が正気じゃないのか。

暑いから誰が正気を失っても仕方ないと思えばいいのか。

とにかく正気を疑った。

いや、そもそも現実でさえないのかもしれない。

本当はもう倒れていて、死に瀕《ひん》していて、幻覚でも見ているのかもしれない。

まあそれもいい、と老婆は思った。

正気じゃないが、可愛い少年に看取《みと》られる最期も悪くない。

すっかりおっさんになった、むさ苦しいし可愛げはないし見飽きた息子に見送られるより、よっぽど夢がある。
だが、次の言葉には目を見開いた。
「元気になったら一緒に食事をしましょう。ぜひあなたの手料理を食べてみたいな」
――おまえの手料理を食べたい。ずっと。毎日。
在りし日。
旦那が結婚を申し込んできた言葉を思い出した。
大切に胸の奥にしまい込んでいた。
大切にしすぎたせいで、ずっと思い出すこともなかった、大切な言葉だった。
「……ああ、うん」
今際《いまわ》の時に口走った、旦那の言葉も思い出した。
――死ぬまで生きろ。すぐに来るなよ。すぐ来たら追い返すからな。
あの呪いの言葉のせいで、無駄に長生きした。
もう心残りはない。
だが、最後の最後に、未練の残りそうな約束をしてしまった。
もう少しだけ、旦那に待っていてもらおう。

◆

「――うん。そろそろ終わってもいいかもしれん」

ザリクス、サイハ、クノン。

そしてサトリ自身も書き殴ってきたレポートを確認する。

早朝、キームの村で実験が始まり十一日目。

毎日のように思いつく限りの実験をし、また推測や推論を重ねてきた。

クノンら助手たちは、サトリの深い知識に驚き。

サトリも柔軟な若い発想に驚かされてきた。

話し合いに比例するように、水槽の数も増えた。やりたいことがどんどん増えていったからだ。

まあ、試行の枝葉が増えるのは実験にはよくあることである。

楽しい時間だった。

しかし、そろそろ必要なデータが揃《そろ》ってきた。

「そうですか？　早くないですか？」

「まだ試してないことも、引き続き経過を見たい水槽もあると思いますけど」

ザリクスとサイハは不満そうだ。

彼らはすでに、発案のサトリより実験に夢中だ。

まだまだ水踊虫《すいようちゅう》のことを知りたい、あの虫はまだまだやれると思っている。

虫だけに無視できない存在なのだ。

「僕もまだ気になるなぁ」

クノンも同意見だった。

いや、少し違うか。

クノンは近辺の毒沼ではなく、他の毒でやってみたい。もっと幅広く虫を試したい、と思っていた。

虫だけに虫の可能性を無視できないのだ。

「気持ちはわからんでもないが、ここから先の展開は予想ができるだろ？　そもそも生息地として安定した時点で、水踊虫《すいようちゅう》は水槽の環境に適応したことになる。だったらいずれ必ず毒の中和は完了するだろう。

あとは、中和にどれだけの時間が掛かるか、って問題が残るわけだが」

サトリは続けた。

「そもそも毒沼を浄化する必要はないだろ？」

村の近くにある毒沼は、魔的素材が育つ貴重な環境だ。

その周囲に住むキームの村は、すでに毒と共存の道を選んでいる。

毒沼や周辺の環境を利用して、ある程度の実験はした。

そしてそれは成功を収めた。

充分なデータも取れた。

だが、この実験の先にあるものは、毒沼の排除ではない。

あくまでも水踊虫《すいようちゅう》の可能性を探るための実験である。

つまり、だ。

「違う場所か、あるいは違う毒か。水踊虫《すいようちゅう》の実験は、次の段階に移すべきだとあたしは思う」

――それに、あえて言わないが、サトリは若くない。

助手たちのような若者ならともかく、サトリには、先の見えた実験を長々続ける時間はないのだ。

ついでに言うと体力もない。蓄積した疲労も怖い。

「……そうですか。まあ、サトリ先生が言うなら……」

ザリクスは残念そうだ。

助手としては、主導のサトリがここまでと言うなら、従うしかない。

「次って？　次の段階って？　サトリ先生次は何を？」

サイハは次の実験が気になるようだ。

密《ひそ》かに、お気に入りの水踊虫《すいようちゅう》に名前まで付けている彼女だ。実験云々《うんぬん》の前に、この虫自体を気に入っているのかもしれない。

「そうだね、毒を中和する器官や仕組みを調べてみたいが。

それと並行して、解毒剤の見つかっていない毒でも中和できるかどうか。これはぜひ調べてみたいね」

そこら辺からが、サトリが本当にやりたかった実験になる。

これまでは、水踊虫《すいようちゅう》がどこまで対応するか見たかった。

一般に知られる生物毒は試してきた。

今度は、環境毒を試してみた。

充分に対応できることがわかったので、ようやくスタートラインに立てそうだ、といったところか。

「というわけで、明日か明後日《あさって》には撤収する。充分データが取れた水槽は破棄、清掃を頼むよ」

◆

「はあ⁉」

彼女は耳を疑った。

いや、耳を疑ったというより。

「あの、お義母《かあ》さん、それは本当に……？」

昼は、いつも夫の母親と二人である。

夫は弁当持参で働きに出ていて、昼は帰ってこない。

大きくなった子供たちは、もう自分たちの所帯を持っているので、同じ村に住んでいるが住まいは違うのだ。

だから。

昼はいつも八十を過ぎた義母と、五十を過ぎた彼女の二人きりだ。

そんな彼女は、義母の正気を疑った。

義母は高齢だ。

高齢らしく身体は弱ってきたが、しかし意識はしっかりしていた。

だが。

いよいよ頭まで弱ってきたのか、と思ったのだが――

「私ゃ正常だよ。まだ耄碌《もうろく》しとらん」

義母は不服そうだ。

だが、仕方ないだろう。

正気じゃないとしか思えない。

もし話が本当なら、違う意味でも正気じゃない。

どちらにしろ正気じゃない話なのである。

「お義母さん、もう一度言ってくれます？」

だが、正気じゃないにしても、看過するわけにはいかない。

万が一にも本当のことだったら、大変なことになりそうだったから。

いろんな意味でだいぶ不安げな彼女に。

義母は、なんだか腹が立つほど得意げな顔で、言った。

「魔術師様にナンパされちゃった」

やはり年だな。

まだまだ暑いしな。

いよいよか——彼女はそう思ったが。

「いやそれがな」

しかし。

耄碌していないと主張する義母が一から説明すると、彼女はすぐにそれを信じた。

普通にありそうな話だったからだ。

暑さのせいで倒れそうになった義母を、偶然近くにいた魔術師が助けてくれたそうだ。

なんでも、遠目でもふらふらしていたので、相手は注意して見ていたのだとか。

そして倒れこんだところを、魔術師が助けた。

その出会いの後、お礼に昼食を出すという約束をしたのだとか。

——言葉の意味は多少違うかもしれないが、義母がナンパされたのは本当らしい。

「身体はもう大丈夫なんですか？」

「うん。水を呑《の》んだら治った。食欲も見ての通りだよ」

それは重畳。

では遠慮なく次の問題に入ろう。

「それじゃ、この家に魔術師様が来るんですか？」

この村にはよく魔術師がやってくる。

だが、普通の村人は彼らと接する機会など、ほとんどない。

遠目に見ても、誰も彼もが綺麗《きれい》な身形をしていて、皆貴族のように見えた。そんな魔術師が、この、何の変哲もない民家にやってくるというのか。

「うん。来る。明日の昼来いって言っといた」

——大変じゃないか！

貴族がこんなボロ家に昼食を食べに来るなんて。

何もかも正気じゃない。

「私ゃもう台所には立てんからな。あんた、私の代わりに料理を頼むよ」

「いやいや！　魔術師様が食べるような高級な物、私は作れませんよ！」

「大丈夫だよ。あの子は細かいことは気にせんよ」

「そういう問題じゃ……！」

「あの子は、このババアをレディ扱いするような大物だよ。泥の塊でも出さない限り、食い物くらいで文句は言わないよ」

この八十以上の老婆をレディ扱い。

どんな子だ。

正気か。

——そんな会話を交わした、翌日。

「こんにちは」

本当に来た。

義母をナンパしたという魔術師がやってきた。

身形のいい、眼帯をした少年である。

本当に来るのか半信半疑だったが……準備しておいてよかった。

「今日はお招きありがとうございます」

口調も所作も美しい……恐らく、やはり、きっと貴族である。

「は、あの、どうぞ、汚い庶民の家ですが、その、大したおもてなしもできませんが」

貴族と言葉を交わすことなんてなかったし、生涯ないと思っていた。

昔は、言葉一つ無礼一つで首を飛ばす、みたいな恐ろしい貴族もいたという。

学のない彼女は、緊張のあまりしどろもどろだ。

が――

「落ち着いて、レディ」

ふわりと。

少年は、出迎えに対応する彼女の手を取った。

「美しい女性に焦りは似合わないよ。どうか大輪の花のように堂々と微笑み、僕を魅了してほしい」

――あ、こいつほんとに正気じゃない、と彼女は思った。

「美味《おい》しそうな匂いだ。僕のために用意してくださってありがとうございます」

――正気じゃないが悪い子ではなさそうだ、と彼女は思った。

「魔術師様、こちらの席においで」

中で待つ義母の声に、少年は「はい」と答えた。

「それではレディ。エスコートを頼んでも？」

エスコートも何も、テーブルは目と鼻の先なのだが。

ほんの数歩先くらいのものなのだが。

「あ、はい。……どうぞ」

しかし。

眼帯や言動がやや怪しいし、依然として正気なのかも疑っているが。

田舎の村の子供にはない上品な微笑みが、とても可愛くて。

「――ボロ家？　しっかり掃除が行き届いているし、働き者がいる家だとすぐにわかりますよ」

こんな庶民のボロ家でも難色を示さず。

「――うん、美味しい。料理が上手な女性って素敵ですね。許されるなら僕の伴侶《はんりょ》に欲しいくらいだ」

若い頃はともかく。

今や夫も何も言わない、腕に縒《よ》りをかけた渾身《こんしん》の料理を、一品一品褒められたり。

「――野菜の切り方一つとっても、食べる人のことを考えているのがわかるものです。料理は愛情と言いますが、これは間違いなく愛情でできていますね。もう愛情しか感じない。僕は幸せです」

発言はぺらぺらに薄いが。

それでもとにかく逐一褒めてくる。

それが、まあ、嬉《うれ》しくないというわけでもなく。

「――今日だけは僕のために愛情を込めてくれたの？」

その言葉を否定できず。

少年が帰る頃には、なんというか。

本物の紳士っていいものなんだな、と、彼女は思うに至っていた。

◆

「――あんたたちは知ってたかい？」

サトリは何も知らなかった。

まったく気づかなかった。

ただ、「やたら差し入れが多かったな」とうっすら思っただけだ。

「いえ、俺は詳しくは知らないです」

「同じく……」

その日の朝、簡易研究所にやってきたサトリは、助手たちに聞いた。

この状況を知っていたのか、と。

答えは否だった。

「まあ、多少妙だとは思っていたんですが……」

ザリクスは周囲の変化に、思うことはあったようだ。

だが、サトリら同様、深く気にしなかった。

――問題が浮上した。

ついさっき、サトリは村長に呼ばれた。

そして正式に抗議を受けてきた。

曰《いわ》く「そちらの魔術師の一人が、村の女性たちを誘惑して困っている」と。

村長ほか、十名を超える村の男たちが集う村長宅の中で、ごもっともな文句を言われてきたところだ。

そんなの知るか、心当たりなんてない――なんて、心にもないことは言えなかった。

むしろ心当たりしかなかった。

事実確認をするまでもなく。

サトリはその場で抗議を受け入れ、研究所にやってきた。

そう、心当たりはある。

サトリどころか、助手を含めて三人ともある。

やれ焼き菓子だの果物だのジャムだの、いつになく頻繁に差し入れがあり、作業しつつそれらを食べてきた。

思えば、用意してくれる食事も、それとなく豪華だった気がする。

キームの村では、魔術師は歓待される。

食事は用意してくれるし、身の回りの世話を始め、大抵のことは頼めばしてくれる。有償ではあるが。

そして基本的に、村人はあまり接触してこない。

だから、情報交換したり共有したりすることはまずない。偶然機会があって軽い雑談をする、程度のことがあるくらいだ。

あくまでも村の客人として、一線を引いた関係を続けてきた。

それゆえ、知らなかった。

気づきもしなかった。

実験が始まった魔術師は、実験以外が非常に疎《おろそ》かになる。

平時であっても周囲への気遣いができない魔術師が多いのに、実験中は更にひどくなる。

「まあ、クノン君は見た目は可愛いし、性格の前情報がないと……純朴な村の娘は、アレかもなぁとは……」

サイハの言い分はわかる。

クノンの言動は軽薄だ。

彼自身が学校でも有名なので、今や誰もが知っていることである。

皆それを踏まえて付き合っているのだ。踏まえているからこそ、「クノンは面白い子」と割り切っている者も多いのだ。

だが、もし知らなければ？

しかも貴族に免疫のない村の女が、貴族然とした少年の言動を素直に受け止めたら？

今回の苦情は、そういうものである。

きっとクノンは、魔術学校にいる時と変わらなかったのだろう。

この村でも。

すっかりクノンの性格に慣れているサトリだけに、盲点だったとしか言いようがない。

「それでサトリ先生、どうするんですか？」

「別にどうもしないさ」

抗議は聞き入れた。

だが、特に問題はないと判断した。

「あたしらはもう撤収するからね」

――そう、実験はすでに終わっている。

あとは、荷物をまとめてディラシックに帰るだけ。

後片付けがあるので今日までは残ったが、しかし通いのクノンに至っては、今日は来ないのだ。

村に通うのは昨日までだったから。

「問題の魔術師はもう来ないからそれで勘弁してくれ、って言ってきたよ」

サトリの返答に、村の男連中はほっとしていた。

少し聞いた話によれば。

子供からお年寄りまで、クノンは村の女性たちに広く人気を博していた。

男たちが仕事で家にいない日中、気が付けば子が、嫁が、祖母が……と。

そういうことらしい。

村長も安堵《あんど》していた。

孫娘が被害にあったとこぼしていた。

まあ、男の子であっても子供には優しくしていたそうなので、その点だけは評価しなくもない。

もし、子供にまで男だ女だを持ち出して対応を変えるようなら。

多少は軽蔑《けいべつ》したかもしれない。

「よし、じゃあ帰り支度をしようか」

最後の最後で問題が浮上したものの。

どうせ最後のことなので、対処する必要はない。

クノンは、言動こそアレだが、結局魔術にしか興味がない同類だ。

サトリはそれをよく知っている。

どうせクノンがここに来る理由はもうないのだから、被害は広がらないだろう。

帰ったら一言くらいは注意しておくつもりだが。

――その後、キームの村からクノンが去ったことが広まり、しばらく村は荒れた。

女たちは落ち込み。

男たちは「クノン」という会ったこともない紳士と比べられて憤慨し。

老婆は「無駄に長生きもしてみるもんだ」が口癖になり。

魔術師に抗議したことを知った村長の孫娘は、祖父に冷たくなった。

そんな初秋の珍事は、キームの村に「紳士はモテる」というよくわからない爪痕《つめあと》を残して、去っていったのだった。

◆

「――し、失礼！　そこの方！　お待ちを！」

サトリらがキームの村で撤収の準備をしている頃、クノンは魔術学校の前にいた。

村での実験が終わったので、久しぶりの登校だった。

だが。

「ん？」

老いた男性の声が飛んできた。

最初は、自分への言葉とは思わなかったクノンだが。

その速すぎる足音は、まっすぐこちらに向かってくる。

「クノン・グリオン様とお見受けします。相違ありませんか？」

「あ、はい」

目の前まで来て、名前まで呼ばれた。

これはさすがに間違いようがない。

六十から七十くらいだろうか。身形のしっかりした老紳士だ。細身で長身で、どこか鋭利な刃物を思わせる危険な雰囲気を感じる。

「不躾《ぶしつけ》に申し訳ありません。私、クォーツ家の執事です」

「……クォーツ……?」

どこかで聞いた名だな、とクノンは思った。

そして思い出した。

「あ、セララフィラ嬢の」

魔術学校では、家名を名乗る者は少ない。

特級クラスでは特にだ。

クノン自身も、学校内ではグリオン家の名を出したことは、ほとんどない。

「――クノン様」

思わず呟《つぶや》いた、その名前。

それを聞いて老執事がずいっと歩み寄った。

ただでさえ危険な雰囲気なのに。

今、少しばかり、その危険度が増した気がする。

「セララフィラお嬢様のことでお話があります。どうかお時間をいただけませんか?」

それは質問の体だった。
だが、間違いなく、拒否を許さぬ迫力と圧力があった。

幕間《まくあい》 ―そして結論として―

少しばかり、彼方《かなた》の空が赤くなってきた。

空飛ぶ船からの世界は、とても広く、とても遠くまで見える。

強風で船が煽《あお》られないよう透明な風除《かざよ》けの防風膜が覆っており、あまり空気が流れないせいかそれなりに暑かった。

暦の上では秋だが、まだまだ暑い日が続いている。

――思った以上に楽しかった。

空飛ぶ船の甲板に出て、手摺《てす》りから外を眺めるセラフィラは、この旅を振り返っていた。

自分で決めたことではあるが。

しかし、不安がなかったわけではない。

準備不足もあったし、知らない人しかいない場所でもあった。もちろん空の旅なんて初めてだった。落ちないか、何かトラブルはないか、という心配もあった。

だが、気が付いたら一週間が過ぎていて。

残り一週間と気付いてからは、過ぎ行く一日を惜しんできた。

楽しかった。

見るものも触れるものも、行く場所も、言葉を交わす相手も。

何もかもが興味深く、そして夢中になった。

魔術とは。

魔術とは、セラフィラが想像する以上に奥深く、神秘的だった。

この船に乗っていた人たちは先輩ばかりだ。

同じ土属性もいれば、ほかの属性もいた。

彼らの話はとても面白かった。もちろん新入生のセラフィラに気を遣ってくれていた面も大いにあったのだとは思う。

仲間ではなく、お客さんとして扱ってくれたのだろう。

でも、それでも、だ。

この二週間はとても楽しくて、そして多く魔術に触れてきた。

これまでは家庭教師と学んできた魔術だが、特級クラスは常に魔術が絡んでいた。

「魔術を学ぶ時間」など存在しない。

全てが魔術を学ぶ時間なのだ。

この意識の違いは、できるだけ早く切り替えておきたい。

そうならないと、付いていけないから。

そう、付いていけないから。

「――セララ?」

呼ばれて、一呼吸置いて、振り返る。

帝国式の作法に則《のっと》り、セラフィラはゆっくりと。

「エルヴァお姉さま」

そこには、敬愛する麗しき姉が……いや、先輩がいた。

「こんなところでどうしたの?」

この二週間、ずっとエルヴァがセララフィラの面倒を見てくれた。

そして——

「旅の終わりを惜しんでいました」

——素敵な女性が、たくさんいた。

このエルヴァを始め、皆から代表と呼ばれていたシロト。

そして同じく同行していた女性たち。

皆美しく魅力的でミステリアスで神秘的で、とても素敵だった。魔術をやっているからだろうか。

いや、魔術師じゃなくても彼女たちは魅力的なはずだ。

魔術を学ぶために、世界中からディラシックに集まり、生活している。

世界中の美女や美少女が集まっている学校。

そう考えると、これからの学校生活に期待せざるを得ない。

「そう。楽しかった?」

「ええ、とても」

願わくば。

こんな旅のような日々を、これからも過ごしたい。

――だから、やらねばならない。

これまでのような片手間ではなく、本気で魔術をやらねばならない。

今のセラフィラの魔術では、付いていくことさえできない。それくらい腕の差があることを思い知った。

エルヴァに、シロトに、他の女性たちに。ついでに世話になった男たちにも。

これからも彼女らと一緒にいるために。

特級クラスに相応《ふさわ》しい実力を、身につけねばならない。

そんな覚悟を、今、決めていた。

帰ったら特訓だ。

彼女らに付いていくため、足手まといにならないため、それ相応の実力を身につけねばならない。

少し待たせてしまうかもしれないが、必ず。

魔術都市ディラシックが近くなってきた。

空を飛ぶ旅も、もうすぐ終わりだ。

第三話　後輩の帝国淑女がグレた

ディラシックは魔術師の多い街である。

魔術師を中心に発展してきただけに、従来の街とは違うところも多い。

たとえば、店。

魔術師しか欲しがらないようなアイテムを扱う店が多い。

一般人にはただのガラクタだが、しかしその道のプロからすればお宝である。

それと同じ理屈だ。

まだ早朝で、店を開けるには早すぎる時刻。

だが、ディラシックならば、普通に営業している喫茶店や軽食屋がある。

魔術師は朝昼夜の概念で動かない者が多いからだ。

実験していれば時間は不規則になる。睡眠時間も削れ、当然食事の時間も定まらなくなる。腹が減ったことに気づいて外に出たら深夜だった、ということもざらにある。

そういう魔術師事情に店側が合わせた結果。

この時間でも開店しているわけだ。

朝も早くからクォーツ家の執事ルージジンに捕まったクノンは、近くの喫茶店に連れてこられた。

「僕はルッコン茶を」

席に着きつつ、クノンは案内した従業員に流れるように注文した。
——こいつ注文するのか、とルージンは思った。
セララフィラが行方不明の今。
心配のあまり、飲み物も食べ物もなかなか受け付けなくなっている老執事である。
いや。
店に入った以上注文しない方が失礼だろう、と考えを改めた。
店に入った。注文する。
普通のことである。
「冷たいのと温かいの、どちらにしましょうか？」
「そうだなぁ、冷たいのと温かいのの間くらいで」
——こいつこんな面倒臭い注文をするのか、とルージンは思った。
セララフィラが行方不明で、心配のあまり満足に眠れない老紳士である。
だが魔術師に合わせてきた店である。
こんな面倒な注文でも、従業員は「かしこまりました」と普通に受け入れた。
いや。
この柔軟性は自分も見習うべきだ、と考えを改めた。
不測の事態は臨機応変に対処する。
大事なことである。
「あとクッキーとかちょっとした甘味みたいなのないかな」

――更に注文するのか、とルージンは思った。

セララフィラが行方不明で、心配のあまり甘味など……。

まあ、もうこの際細かいことはいいだろう、と考えを改めた。

「今だけは同席をお許しください」

「あ、お気になさらず。ここでの僕はただの魔術学校の生徒ですから」

使用人と、貴族の息子。

本来なら同席など許されない。

だが、ディラシックで身分にこだわる者など、ごく少数である。

「ありがとうございます。失礼いたします」

クノンの許可を得て、ルージンはクノンの正面に座った。

「ルージンさんは何にします？」

「では同じ物を」

「ここはパフェがおいしいですよ」

「お気遣いありがとうございます。しかし仕事中ですので」

従業員を追い払うように即答し、早速本題に入ることにした。

「それで、セララフィラお嬢様のことですが」

「はい。あ、彼女もパフェ好き？」

「どうでしょうな。甘味は好みますが。それで――」

「そっか。今度誘ってみようっと」

「……ええ、それで、お嬢様のことなのですが」

「大丈夫ですよ。僕は紳士なので、誘うにしても何度か彼女と会ってから、二人きりでは来ませんので」

「…………」

——やりづらい、とルージンは思った。

クノンのことは調べてある。

本人を知る者たちに「実際どんな人なのか」と聞き取りもした。

全員、言葉は違うが。

総じて「やたら軽い男の子」と言っていた。

これは確かに噂《うわさ》通りだ。

羽毛のごとく軽い男の子だ。

「知ってます？　ここだけの話、ここのパフェって時々聖女が卸してる果物を使ってるんですよ。彼女の作物は本当に出来がいいから」

そんな話はどうでもいい。

「あの、クノン様。お話を遮ってしまい恐縮なのですが、どうか私めの話を先にさせていただけないでしょうか？」

よろしくお願いします、と頭を下げた。

——是が非でも、渋るようなら少々脅してでも話を聞こうと思っていた。それだけの覚悟をしてきた。

だがこれは、違う方向性だ。

違う方向性で話しづらいタイプだ。

むしろ友好的だし、むしろおしゃべりもできる子だ。

むしろ情報収集しやすい相手である。

しかし。

どうでもいい情報は自ら話すのに、一番欲しい情報が手に入らない。

そこを意図しているわけもないだろうが、今のルージンは本当に、無駄話をしている余裕はないのだ。

「あ、そうですか。セラフィラ嬢の話でしたっけ?」

ようやく。

やっと本題に入れそうだ。


「え? セラフィラ嬢の居場所?」

ほぼ二週間だ。

ルージンはこの時を、ほぼ二週間待っていたのだ。

毎日のようにクノンがディラシック郊外へ行くから、どうしても捕まえられなかった。

それで約二週間だ。

「はい。もう何日も家に帰っておりませんので、探しているのです。

何日も帰らない、などとお嬢様から聞いておりませんでしたので……何か事件にでも巻き込まれたのではないかと、心配で」

その二週間で、クノンのことを調べたのである。

たとえばクノンに手紙を残すだの。

一緒に住んでいる使用人に伝言を残すだの。

どうしても繋《つな》ぎを取るためなら、そんな手段も当然思いついた。

だが、事が事である。

貴族の娘が行方不明だなんて、家名を傷つける可能性が非常に高い。とてもデリケートな問題なのだ。

だから形に残る証拠、手紙は残せなかった。

使用人への伝言は……あの使用人は危険だと判断した。

近隣住人の噂話や家庭内トラブルを、目を輝かせて聞いていたあの女。

あれはきっと口が軽い。

あの手の使用人は、黙っているよう言いつけるのではなく、知らせないようにして扱うのがいい。

だから言えなかったし、接触もしなかった。

色々と考えた結果。

あまりに難しく繊細な問題だと思ったがゆえ、ルージンは自分でクノンを捕まえるしかなかったのだ。

――幸い、セラフィラの居場所はわからないが、行方不明の原因はわかっている。

だからこそ、危険自体はないと思っている。

……そう思わないとやってられなかった、というのもあるが。

心労と心配。

後々クォーツ家に残る瑕疵《かし》。

セララフィラの未来。

おまけに、自分が付いていながら、入学早々にこの大事件である。

もはやすでに、ルージンは、大恩あるクォーツ家に顔向けできない状況にあると思っている。

真剣に考えたら、衝動的に首を吊《つ》ってしまいそうだ。

「確か『調和の派閥』と一緒に素材集めの旅に出たはずですよ」

――それは知っている。

空飛ぶ船に乗ってどこぞへ、そこまでは知っているのだ。

そこまでしか知りようがなかったのだ。

ルージンが知りたいのは、そこからの続報だ。

「セララフィラお嬢様は、あなたに会った翌日からいなくなりました。恐らく学校関係者で最後に長くお話ししたのは、あなたです。

何でも構いません。どうかセララフィラお嬢様のことを教えてください。

特に、あなたと会って何を話したのか。

そしてあなたはお嬢様と話した後どうしたのか。

無関係だと思われることでも構いません。何でもいいので教えてください。もしかしたら関係しているかもしれません。どうか、どうか」

ルージンは必死で頼み込んだ。

この眼帯の少年。

彼こそ、ルージンの最後の頼みの綱なのだ。

彼から何も聞けないようでは、そこで情報は途絶える。

なんでもいい。

なんでもいいから、情報を聞き出さねば――

「うーん。セララフィラ嬢のことかぁ」

クノンは腕を組み、しばし黙り、言った。

「『調和』の人にセララフィラ嬢の面倒を見てほしい、って頼んだのは僕だけど。今の居場所まではなぁ」

――おまえのせいか、とルージンは思った。

セララフィラが行方不明になった原因は、きっとそれである。

どうやら最後の頼みの綱は、犯人と直結していたようだ。


「――ああ、そうなんですか」

認識の違いこそあるが。

今のセララフィラの状況は知っているようなので、ルージンはクノンに現状を伝えた。

後々のセララフィラのため、並びにクォーツ家のためを考えて、誰にも話せなかったことだ。

だが、事実は変えられない。

「セララフィラは泊まりがけで素材集めの旅とやらに同行した」という事実は、どうしたって隠しようがない。

関係者が多すぎるからだ。

セララフィラを連れていった者たちは、二十人近い集団だそうだ。

さすがに完全な口止めは不可能だろう。

しかし。

「何も言わずに旅立ったんですね、彼女。それは心配もしますね」

ルージンの用件を理解したクノンは言った。

「でも大丈夫ですよ。『調和の派閥』にはしっかりした素敵な女性がたくさんいますし、今度の遠征にも同行しています」

――クノンが話を持っていったエルヴァも、「調和」代表シロトも、一緒に行ったのだ。

しっかり者の彼女らがいれば間違いはないだろう、とクノンは思っている。

「セララフィラ嬢も、男なら放っておけないほど魅力的な山の似合いそうなレディでしたね。でも心配無用ですよ」

山がどうとかはわからないが。

セララフィラが魅力的なのは、ルージンも知っている。

魅力的だから余計に心配もしている、という話なのだが。

わかっているのかいないのか、クノンは穏やかである。

――で、だ。

「それで、ルージンさんはどうしたいんですか？　今すぐセラフィラ嬢を連れ戻したいとか、そういう話ですか？」

「できればそうしたいのですが……」

結局、セラフィラが旅立って二週間近くが過ぎている。

今更感が拭《ぬぐ》えないのだ。

一秒でも早く保護したい、という気持ちは変わらない。

だがこうも時間が過ぎていると……という話である。

「今更連れ戻すというのも、遅すぎだとは思っています」

むしろ。

もしセラフィラが望んで旅をしているのであれば。

ただの一使用人の個人的感情で、主人の娘の行動を制限してしまうことになる。

せめてこれが行方不明から二、三日以内の話だったなら、まだしも。

さすがに二週間は長い。

そして、ざっくりした予定では、そろそろ帰ってくるという噂もある。

要するに、色々と手遅れなのだ。

今動いても遅すぎるほどに。

「そうですね。別に何もしなくても、たぶんもうじき帰ってくると思いますよ」

「でしょうな……しかし何もしないわけにもいかなかったもので」

ことクノンを捕まえ、ずっと一人で抱えていた問題を吐露した瞬間。

ルージンの中で、ようやく諦《あきら》めの感情が湧いてきた。

否、諦めではなく。

もはやすべてが手遅れだと認めた、というべきか。

往生際も悪く、だらだらと無駄に走り回ってみたものの。

この時、ようやく、気持ちの上でルージンの足が止まった。

「もっと早くクノン様と会えていれば、手の打ちようもあったかもしれませんな」

「恐縮です。でもそういうセリフは女性に言われたいですね、紳士として」

何が恐縮なのか。

なんだかよくわからないが、気の抜けたクノンと対峙《たいじ》していると、ルージンの気持ちも落ち着いてきた。

自分だけ必死で熱くなっていたのが馬鹿みたいに思えてきたのだ。

セラフィラのことは相変わらず心配だし、可能なら今すぐにでも保護したいが。

だが、もはや機を逃していることは、誰の目から見ても明白だ。

そんなことはわかっていた。

ただ、ルージンだけがずっとそれを認めたくなかっただけだ。

「まだ入学したばかりだし、心配なのもわかります。山が似合う魅力的なセラフィラ嬢だけに余計に心配でしょう。

でも、少しずつでも慣れておいた方がいいですよ。特級クラスは泊まり込みの実験や、泊まりがけのフィールドワークは珍しくありません」

「らしいですな。せめて直接お嬢様の口から泊まりがけの遠征に出ることを聞いていれば、納得もできたとは思うのですが」

最初は誘拐を疑った。

クォーツ家の娘と知った何者かが、よからぬ企《たくら》みで無理やり連れていった、という可能性を危惧《きぐ》した。

だが、情報を集めれば集めるほど。

特級クラスではこんなことは日常茶飯事だと、たくさんの人に証言された。

何なら学校側からもそう言われたくらいだ。

「その辺はご本人とよく相談した方がいいですね」

と、クノンはカップを取り上げる。

育ちの良さが出た優雅な動きだ。

「これからもきっと、セラフィラ嬢の外泊が増えるんでしょうね」

「そんな言い方はやめていただきたい！」

言葉の上では何も間違っていない。

クノンにとっては悪気のない、ただの事実としての言葉だ。

だが、ルージンにとっては腹に据えかねる言葉だった。

まるで夜遊びが大好きな悪ガキのようなアレじゃないか。

そこらの不良娘じゃないんだ。

クォーツ家で、大切に大切に育ててきた娘なのだ。

品行方正で由緒正しき娘なのだ。

どこに出しても恥ずかしくない、将来絶対に素敵なレディになる娘なのだ。

「え？　何か気に障ることでも？」

しかし、クノンの言葉に裏の意味など微塵《みじん》もない。

だからルージンが怒る理由がわからなかった。

――それから少し話をして、二人は別れた。

「調和の派閥」が遠征から帰ってきたのは、それから二日後のことだった。


セララフィラは無事に戻ってきた。

「――フン！　じいが勝手に心配しただけでしょ！　わたくしには関係ないわ！」

「お、お嬢様……」

いや、無事とは言い難いかもしれない。

「もう寝るから！　放っておいて！」

彼女は少しグレて帰ってきたから。

◆

「僕、初老の男性に二回も誘われたのは初めてです」

まるであの日と同じだった。

同じ日を繰り返しているんじゃないか——そう錯覚するほどに、あの日と同じ喫茶店で同じテーブルに座り、彼と向き合っている。

「もう誰に相談していいのか……唯一思い浮かんだのが、あなた様でした」

なんとも返しづらいことを言うクノンへの、ルージンの返答がそれだった。

クォーツ家の老執事と再会したのは、あの日から四日後。

「調和の派閥」の遠征が終わって、三日経《た》ってのことだった。

前回同様、朝一番に校門で声を掛けられ。

「また相談がある」と言われ、有無を言わさぬ迫力で誘われ、喫茶店まで連れてこられた。

「帝国産の紅茶と小さなスコーンを。林檎《りんご》のジャムはある？　ない？　じゃあ少しだけつけて。ルージンさんは？　お茶だけ？」

クノンの注文は軽快だ。

もしや貯金全額ギャンブルで溶かしたのではないか——そう心配になるくらい深刻な顔をしている老執事を前にしても、普段通りである。

「——セラフィラ嬢のことですか？」

従業員が離れたところで、クノンは切り出した。

「ルージンさんの相談もあったし、僕も彼女のことは気になってました。でも、彼女とは遠征が終わってから会ってないですよ？」

それはそうだろう。

「お嬢様は、帰ってから一度も登校しておりませんので……この三日間、お部屋から出てこないのです」

「え？　なんで？　恋わずらい？」

——そうだったらまだいい、とルージンは思った。

原因、あるいは元凶がわかれば。

排除すればいいだけだ。

だが、何もわからないから困っているのだ。

「今回の相談はそのことでして。しかしクノン様も原因には心当たりがなさそうですな」

前回は、むしろクノンこそ犯人くらいの存在だったが。

今回は、何も知らないようだ。

「自宅の部屋から出てこないんですか？」

「はい。呼びかけても『放っておいて』と叫ぶだけで……これまでお嬢様は、使用人に声を荒らげたりはしませんでした。

それなのに、帰ってからは怒鳴り散らかしてばかりで……」

「ふうん……なぜでしょうね。ほんとに恋わずらいじゃない？」

「私は違うと思いますな」

「——君はどう思う？」

クノンは、注文した物を運んできた従業員に問う。

だが、前後の話を聞いていない彼女に「はい？」と聞き返された。

彼女は二十前後くらいの、落ち着いた雰囲気の女性である。

女性の意見を聞きたいところに、丁度良くそこにいた。ゆえの抜擢《ばってき》である。

実は、と簡単にセラフィラの状況を説明する。

もちろん個人名は出さないで。

「恋わずらい？　……あくまでも私見ですが、恋してる女の子ってどこかしら幸せそうにも見えるんですよね」

ほうほう、と少年とジジイは頷《うなず》く。

女心などわからないだけに、非常に参考になる。

「その部屋に引きこもってる女の子のことを聞いただけで判断するなら、恋っていうか、むしろ失恋に近いんじゃないですか？　好きな子にフラれたとか、捨てられたとか」

「あ？」

「ルージンさん落ち着いて。殺気出てる」

モロに殺意をぶつけられた従業員だが、平然と「ごゆっくり」と行ってしまった。

さすが魔術師の多い街の住人。

度胸がいいというか、肝が据わっている。

「なんと無礼な。お嬢様がフラれただと？　捨てられただと？　クォーツ家に対する侮辱だ」

「まあまあ。家のことは忘れましょうよ、ここはディラシックなんだから」

ブツブツと不穏に呟《つぶや》く老執事を宥《なだ》め、クノンは続ける。

「恋わずらいにしろ失恋にしろ、僕は遠征には同行してませんからね。何があったかはわかりませんし、推測だけでははっきりしない。

こうなったら、一緒に行った人に話を聞くのが早いんじゃないですか？」

「エルヴァという方ですね？」

――「しばらく素材集めの旅に出ます。二週間くらいで戻ります。その間セラフィラは大切にお預かりしますのでご心配なく」

セラフィラが遠征に出た後に、住んでいる家に届いた手紙。

差出人こそ書いてなかったが、優秀な老執事は、あれは誰が書いた手紙だったのかまで調べ上げている。

二週間、セラフィラの行方は追えなかった。

その代わりにできることはやったのだ。

――セラフィラは無事帰ってきた。

だからルージンとしては、エルヴァのことは黙認しようと思っていた。

手紙に嘘《うそ》はなかったからだ。

これが魔術学校のやり方なら、従うほかない、と無理やり飲み込んだ。

だが実際は、セラフィラは完全に無事とは言い難い状態だ。

ならば、そう。

黙認しようとしていたエルヴァなる人物。

これと接触し、何があったか聞かねばならない。そして取り除ける理由があるなら、排除するのみ。もはや理由がなくても排除したいくらいでもあるが。

「して、エルヴァという方はどういう方で？」

しかしここで問題なのは、エルヴァがどういう人間なのか、だ。

もし人間的に問題があるなら、このまま一生セララフィラと接触させない、という道もある。

簡単に言えば、クォーツ家の娘と付き合うに相応《ふさわ》しい人か。

会うのはその辺の情報を得てからにしたい。

一応調べたが、ただの特級クラスの魔術師だ、ということしかわからなかったこともあり。

だからこそ、エルヴァを知っているクノンの感想を聞いてから決めたい。

「エルヴァ嬢は素敵な人ですよ。彼女は海が似合いそうだ」

海はよくわからないが。

とにかく、人間的に壊滅している人ではなさそうだ。

――ルージンはクノンに頼み、エルヴァを呼んでもらうことにした。


「こちらがエルヴァ嬢です。エルヴァ嬢、この方がルージンさん。セララフィラ嬢の実家の執事だって」

クノンの行動は早かった。

セララフィラ、ひいては女性の一大事ということで、実に迅速だった。

まだ朝で、まだ喫茶店である。

一度店を出たクノンは、魔術学校の受付窓口で受付嬢ルーベラに頼み、エルヴァを呼んでもらったのだ。

彼女はすぐに来てくれた。

なお、最近は疲れていないようで、非常に美しくオシャレな姿だ。

「初めまして」

「その節はお嬢様がお世話になりました」

初対面の二人はそんな当たり障りのない挨拶《あいさつ》を交わし、テーブルに着いた。

「それでクノン、セララがどうかしたの？」

——エルヴァがすぐにやってきた理由。

それは、「セララフィラの件で相談がある」と聞いたからだ。

もしそれ以外の理由なら、これほど急ぐことはなかったかもしれない。なんなら「今すぐは無理だから日を改めて」とでも返答したかもしれない。

単にクノンがお茶したいだけだと言っていたら……。

まあ、朝食がてら来たとは思うが。

しかしそれなら、もう少しゆっくりやってきただろう。

本当に、寝起きですぐにやってきたのだ。

一応セララフィラに会うかもしれないので、恥ずかしくないよう最低限の身だしなみは整えてきたが。

憧《あこが》れのお姉さまとして、できる限り頑張っておきたいから。

「遠征から帰って以来、セララフィラ嬢が部屋から出てこなくなったらしいです。要するにひきこもりになってしまったとか」

「え？　なんで？」

エルヴァはきょとんとしている。

「もしかしてあまりに遠征が楽しかったから気が抜けたとか？」

それが正解かどうかはともかくとして。

エルヴァの反応を見るに、彼女にも心当たりはなさそうだ。

「実は――」

と、エルヴァの反応を窺《うかが》っていたルージンは、セララフィラの現状を説明した。

「そうですか……」

エルヴァは思案気に眉《まゆ》を寄せる。

「遠征中は楽しそうだったし、問題があるようには見えなかったけどなぁ……」

「本当に？　急に泊まりがけの旅に誘拐……拉致《らち》……連れていったのではないのですかな？」

なんだか物騒な言葉が並んだが、エルヴァは平然と「いいえ？」と答えた。

「まあ確かに出発時は少々強引でしたけど、どうしても帰りたいならいつでも家まで送る、と伝えましたよ？

特級クラスでは泊まりがけで何かすることも多いと説明したら、早く慣れたいからぜひ同行したいって。健気《けなげ》で可愛《かわい》いなぁってうちの派閥でも評判で」

――そうだろうな、とルージンは思った。

うちのお嬢様は一見傲慢《ごうまん》に見えるが割と健気で可愛いのだ、と。

わかっているじゃないか、と。

この女は信用できる、と。

「あ、派閥のことはまだ内緒なんですが。入学から一ヵ月は勧誘禁止なんで」

遠征中も、あくまでも大きな一グループの集い、ということになっていた。

派閥の話は誰も出していないはずだ。

だが。

あの様子なら「調和《うち》」に入るだろうな、とエルヴァは確信している。

本当にセララフィラは可愛かった。

一見高慢ちきで冷たそうな印象はあったし、お嬢様口調は身分格差を強調しているように感じたが。

実際はそんなことはなかった。

誰が相手でも気さくだし、雑用だって率先して引き受けていたし。

わからないことや魔術について、よくエルヴァ含む諸先輩方の助言を仰いでいた。

遠征中、かなり可愛がられていたと思う。

同じ土属性じゃないことを悔やむ者がいるほどだった。

特に――

「私のことをエルヴァお姉さまって呼んで、慕ってくれて。私も可愛がったつもりです」

先の遠征。

最初から最後まで、セララフィラの世話はエルヴァがしてきたつもりだ。

まあ、上位貴族の娘にしては意外なほど根がしっかりしていたので、まったく手は掛からなかったが。

我儘《わがまま》も言わないし、文句も言わないし。

でも無理や我慢もしないで、困ったら誰かに聞いたり頼ったり。

育ちの良さがよく出ている、素直ないい子だと思った。

「……おねえさま……まあ、はい、わかりました」

――エルヴァが男じゃなくてよかった、とルージンは思うことにした。

もし彼女が男だったら、ひとまず、ちゃんとお話ししないといけないところだった。

……引っかかることがないとは言わないが、今は置いておく。

「では、お嬢様の異変は、遠征中に何かがあったからではない、ということですかな？」

「それは無理があるんじゃないですか？」

と、言ったのはクノンである。

「僕は語れるほどセラフィラ嬢と接してませんけど、誰だって何かないと引きこもりにはならないんじゃないですか？」

それはそうだが。

しかし、聞いた限りでは、問題があったとは思えない。

「というか、エルヴァ嬢が心当たりがないって言うなら、もう紳士的に正々堂々直接本人に聞くしかないと思うんですけど」

遠征中は問題なかった。

遠征から帰ったら引きこもりになった。

帰ってきてから家に帰るまでの間に、何かがあったのか。

それとも予想もできない別の要因があるのか。

こうなったら、取れる手段は一つだろう。

「確かにそれが早いのは認めますが」

ルージンは渋面で目を伏せる。

「私が何を聞こうとも、聞く耳を持たないようでして……」

ルージンを始め、その時一緒にいた使用人まで、完全に拒絶されているのだ。

当人に聞くのが早い。

それができれば苦労しないし、ここで三人で相談もしていない。

「私から聞きましょうか?」

エルヴァは当然のように言った。

「私だってセララのことは気に入ってるし、話を聞いた以上は心配ですし」

「何も話していただけないと思われますが」

生まれた時から一緒にいるルージンにさえ、口を閉ざしているのだ。

たかが一、二週間一緒だっただけの他人に、大切なお嬢様が心を開くとは思えない。

自分にさえ話さないのに。

「でも身内だからこそ話せないことってあるじゃないですか」

「――お願いします、エルヴァ様。一度セララフィラお嬢様とお話ししてください」

身内だからこそ話せない。

それはある、確かにそれはある、とルージンは思った。身内である自分には話しづらい。ある。

間違いなくある。もはや身内なんだからあるに決まってる。

「じゃあ早速行きましょうか」

なぜかクノンまで席を立つ。

相談した手前、「僕も心配なので」と言われると、強く断る理由が見つからず。

結局三人で向かうことになった。

そして――


「お嬢様、ちょっとよろしいですか？」

ドアの前でルージンが呼びかけると。

「――放っておいてって言ったでしょ！　話しかけないで！」

聞いていた通りである。

セララフィラの返答とは思えないような怒声が帰ってきた。

「三日間、この通りでして」

ルージンが溜息《ためいき》を吐《つ》く。

「いいですか？」

ルージンに許可を得て、今度はエルヴァが声を掛けてみた。

「セララ？　私だけど」

呼びかけた直後、バンと勢いよくドアが開かれた。

「エルヴァお姉さま!?」

秒だった。

秒殺でセラフィラが部屋から飛び出してきた。

◆

「――セラフィラ嬢の家ってこの辺なんですね」

この辺は高級住宅地である。

かの狂炎王子も、この辺に家を借りて住んでいる。

つまり、豪邸である。

心配になるほどの豪邸である。

特級クラスは生活費を自分で稼ぐ必要がある。

家賃は学校が払ってくれるので、住む場所自体はどこでもいいのだが。

無駄に広いと手に余るし、維持も大変である。

家を守る使用人たちの給料も自分で稼いで払う必要があるので、人を多くするのはリスクが高いのだ。

特に入学してすぐ。

稼ぐ方法が確立していない時は。

「生活、大変そうですけど。大丈夫なんですか？」

やたら広い庭先に用意されたテーブルに着き。

クノンは本日朝から三度目のティータイムである。

朝食の後で、老紳士に連れ込まれた喫茶店で。

そして今、セラフィラの家で、だ。

「今月まではこのままですな。

実は入学試験の結果から、特級クラスを勧められたのです。元は二級クラスに進むつもりでしたので」

給仕に佇《たたず》むルージンはそう答えた。

執事姿そのままの彼には執事の仕事がよく似合っている。

「結局、お嬢様は特級クラスへ通うことを決めましたが」

なるほど。

二級だったら仕送りも貰《もら》えるので、この規模でも問題ない。

そのつもりで来たから、こうなっているのだ。

「来月からは使用人を何人か帰して、ちょうどいい家を探すつもりです。

お嬢様がどれだけ稼げるのか、というのもありますので、まだ不明瞭《ふめいりょう》なところが多いですな」

そういえば、とクノンは思い出す。

魔術学校の試験。

特級クラス入りの試験と、一般向けの試験は別にあるという話だ。

クノンは前者を受けた。

なんでも学校関係者の推薦があるかないかで、受ける試験が変わるという話だ。クノンの場合は師ゼオンリーが推したのだと思うが……しかし、実際のところはわからない。

セラフィラは後者で、試験結果から特級入りを勧められたらしい。

きっとジオエリオンも特級クラスを勧められたはずだが、家庭の事情で、彼は断ったのだろう。

「ルージンさんはディラシックに残るんですか？　それとも引き上げるんですか？」

「どうでしょうな。元は最後まで付き従うつもりでしたが、色々と事情が変わってきましたので……」

――入学早々セララフィラの行方不明、外泊。

そして今はグレて引きこもり。

護衛も兼ねて同行してきたルージンだ。

大恩あるクォーツ家の娘である、何があろうと身を呈してでも守り抜くつもりだった。

そんな覚悟をあざ笑うように。

すでに取り返しのつかない致命的なミスを犯してしまっている。しかも複数。一つだけに留《とど》まらず。

結局セララフィラは無事戻ったから構わない？

いいや。

それはあくまでも結果論である。

とにかく一度は帝国に戻ることになるだろう。

クォーツ家に陳謝するために。

「大丈夫ですよ」

「はい？」

「ルージンさんがいなくなっても、僕がちゃんとセラフィラ嬢の面倒を見ますよ。僕は紳士ですからね！」

——それが一番不安なんだ、とルージンは思った。

今もっともセラフィラに近づいてほしくない男が、このクノンだ。

羽毛のように軽く、息をするように女を口説くこの男は、非常に性質《たち》が悪い。

「それにエルヴァ嬢もセラフィラ嬢を気に入っているみたいだし、彼女もしっかり見てくれると思いますよ！」

——今となってはそれが一番悔しいんだ、とルージンは思った。

生まれた時から世話をしてきた。

不遜《ふそん》ながら、娘にも孫にも似た感情を持っている。

そんな大切なお嬢様が。

二週間くらい一緒にいただけの女に、奪われた。

もう悔しくてたまらない。

悔しくて悔しくてたまらない。

もう少し若ければ。あと四、五歳くらい若ければ、耐えられなかったかもしれない。

部屋に戻って枕に顔をうずめて大声で叫んでいたかもしれない。

それくらい悔しい。

この歳《とし》になってこんなに悔しいことがあるのかってくらい悔しい。

胸中に暗い気持ちが渦巻いている。

だが、老執事は微塵《みじん》も表に出さない。

「お嬢様が困っている時は、ぜひ手を貸してあげてください」

一度はディラシックを離れる必要があるだろう。

だが、いつか必ず戻ってくる、ルージンは思っていた。


ほがらかな眼帯の少年と、心中の闇をたぎらせる老執事。

そんな傍目《はため》には異常が窺えないテーブルに、エルヴァが合流した。

「どうも――聞いてきましたよ」

と、彼女はルージンが引いた椅子に自然に収まった。

「お嬢様はなんと？」

気は急《せ》くが、態度は優雅に。

老執事は紅茶を注ぎながら話を促す。

「詳しくは彼女から説明がありますから、簡単に」

――つい先程。

セラフィラの引きこもりを、エルヴァが瞬殺してすぐ。

エルヴァの指示で、男たちはその場から追い返されたのだ。

部屋から出てきた彼女を一目見た瞬間、エルヴァは大体の事情を察した。

藍色《あいいろ》の髪は乱れ、目の下にうっすら隈《くま》ができて。

着ている物もしわだらけでよれよれで。

一目見てわかった。

ああ、彼女はかつての自分と同じことをしているのかもしれない、と。

そして、その予想は当たっていた。

「特訓です」

「……はい？」

「魔術の特訓ですよ。部屋にこもってずっとやっていたそうです」

「……」

――あまりにも予想外すぎる答えに、ルージンの思考が止まった。

「な……なぜ？　なぜ部屋にこもって？　なぜ誰も近寄らせず？」

別に悪いことはしていない。

ならば誰の目を気にする必要があるのか、引きこもってまでする理由があるのか。

……と、男は思うのだが。

「ちょっと考えてくださいよ。女の子がなりふり構わず努力する姿なんて、男に見られたいわけないじゃないですか」

女を捨てる瞬間もあるのだ。

それが、なりふり構わない努力というものだ。

セララフィラはまだ十二歳の女の子である。

多感なお年頃である。

人目くらい気にして当然だ。

エルヴァだって、実験や研究の末にダサくなる自分を受け入れるには、少々時間が必要だった。

「――お姉さま、その先はわたくしが」

件《くだん》のセラフィラがやってきた。

きちんと身だしなみを整えて。

ついさっき部屋から出てきた時の、くたびれた少女はもういない。

「ご心配をお掛けしてすみませんでした。クノン先輩も、来てくださってありがとうございます」

「君のためならこれくらい構わないよ、レディ」

「どうやらうちの執事がご迷惑をお掛けしたようで。申し訳ありません」

丁寧に頭を下げるセラフィラに、老執事がうろたえる。

「お、お嬢様……」

「――じい」

セラフィラは、静かに老執事を見据える。

最近はドアの向こうで声を荒らげるばかりだったが、今の彼女はいつもの彼女だ。

ただ、少し怒っているが。

「わたくしは『放っておいて』と何度も言ったじゃない。なぜ放っておいてくれなかったの？」

「いえ、しかし、あんな風にお引きこもりあそばされれば、心配もしますぞ」

「事情を話しても気を遣うでしょ？　そういうのもいらなかったの。

わたくしは放っておいてほしかった。本当に。それだけを望んでいたのに。

それなのにこんなに大事にして。クノン先輩を巻き込んで。エルヴァお姉さまにまでご足労を掛けて」

「……お、お嬢様……」

――できることなら話したくなかった、とセラフィラは思っていた。

だが、こうなってしまった以上、話さないわけにはいかない。

「遠征に行って見せつけられたのよ。

本物の魔術を。

わたくしの児戯のような魔術とはまったく違う、本物を見せられたの。何度もね。

今のままでは特級クラスに付いていけない、そう思ったのよ」

だから特訓をすることにした。

もはや一刻の猶予も許されない。

この一ヵ月で、自分の中に魔術が成長する可能性が見えなかった場合、二級クラスに行こうとまで考えていた。

セラフィラはクォーツ家の娘。

家名に恥じない振る舞いが求められる。

実力不足のくせに特級クラスにしがみついている、などと言われるわけにはいかない。

「そのように言ってくだされば放っておきましたぞ！」

「じいは放っておかないわ」

「私めを信じてほしい！」

「信じているから言っているのよ。わたくしの特訓は、夜を徹して、倒れるまで、寝食を忘れて限界まで、とにかくやるしかないの。無茶を重ねるしかないの。誰にも頼れないの。じいは、無茶をするわたくしを放っておけないでしょう？　じいだけじゃなくて、使用人たちも。その気遣いはありがたいけれど、今は本当に必要ないの。わたくしは魔術師になりたい。なりたくなったの。だからわたくしを止めないで」

そう語るセラフィラの瞳《ひとみ》は、強い光を宿している。

少々疲れが顔に出ているが、意志の力は漲《みなぎ》っている。

「……お嬢様……」

――ルージンはセラフィラの成長を感じていた。

自分の傍《そば》から離れていくのがわかる。

子供でいられない、子供でいたくないと言っている。自立しようとしている。誰の世話にもならず、一人で立とうとしている。歩こうとしている。

だが、それを止めることは許されない。

見送るしかない。

つまり――放っておくしかないと、やっとわかった。

本当に、言葉通りの意味で。

「――お姉さまと一緒にいたいし、特級クラスに残りたいの」

「……ん？」

……気にならないと言えば嘘になるが。

しかし、まあ、ひとまず、今はいいだろう。

◆

「何にせよ、元気そうでよかったですね」

表に出てきたところで、クノンは言った。

――セラフィラの問題は、一応解決した。

老執事が狼狽《ろうばい》していた理由。

それは、セラフィラが引きこもったからだ。

これまでにない状態になった。

だからクノンに相談を持ち込んだ。

しかし、彼女の引きこもりの理由はわかった。

引きこもっていた本人が出てきて、ちゃんと説明した。

これで一応、ルージンの相談は解決である。

だからクノンとエルヴァは、彼女の家から出てきたところである。あとは家庭内で話し合って決めるべきことだ。

「そうね。病気とかじゃなくてよかったわね」

お互い魔術師同士。

それも特級クラスの生徒。

「あの子は大丈夫ね」

「そうですね。僕なんてあっという間に追い越しちゃうかも」

なんとなく。

セラフィラが今どういう心境なのか、二人にはわかる気がする。

自分たちも通ってきた道だからだ。

きっと特級クラスの上級生なら、皆そうだと思う。

「エルヴァ嬢も、壁を越えるきっかけがありました？」

「壁？　……ああ、壁ね」

感覚的な話だが、クノンの言葉の意味は理解できた。

「そうね。なんというか、段階があるわよね。魔術師の成長って」

そこを通ってきた者同士だ。

だからわかる話である。

最初は、言われるまま魔術を習得し、それを使う。

加えて少しばかり応用ができればいい。

それだけで一端の魔術師と言われる。

少なくとも、魔術師じゃない者からすれば、それで充分なのだ。日常生活で役に立つレベルの魔術が使えればいいのだから。

その境界線を踏み越えた先。

そこにいるのが、特級クラスから上の者たちである。

ジオエリオンのような例外はあるものの、あれは例外中の例外だ。

家庭の事情さえなければ、特級クラス入りしていただろうから。

「セララってね、何事も少しやればすぐできるようになるんだって。乗馬とか勉学とかね。

魔術もすぐに使いこなせるようになった、って言っていたわ。

まあ、いわゆる天才よね」

だからである。

簡単に身に付いた力。

だから彼女は魔術に、固執も執着も愛着もなかった。

ただ、魔術が使えるから魔術学校に来た。

それだけだった。

「天才か。羨《うらや》ましいですね」

――クノンもそうだろう、とは思ったが、エルヴァは言わなかった。

クノンの積み重ねた努力の数と時間を知っているからだ。

目が見えない彼は、きっと自分たちより努力するのも大変だっただろうと思うからだ。

それらを無視して。

たった一言の「天才」でまとめて片づけるのは、彼の苦労を軽んじているようで抵抗があった。

「この前の遠征で、セララフィラ嬢は壁を認識したんですね」

一端の魔術師と、その先にいる魔術師と。
セララフィラは前者だった。
しかし、その境界線――壁を認識した。
そしてそれを突破する努力を始めた。
クノンらにしてみれば、それはかつて自分たちの通った道なのだ。
だから、心配はいらない。
その成長は、魔術師にとっては自然なことだから。
――クノンの壁の認識と突破は、第一の師の軽はずみな一言からだった。
今思えば、自分でも色々と無茶だったと思う。
魔術で目を作る。
ろくに魔術理論も知らない子供が、よくもまあ思いついて挑戦しようと思ったものだ。
だが、不可能だと思ったことは、一度もなかった。
だから諦《あきら》めることはなかった。
今も道半ばである。
「鏡眼」の改善を続けて鍛えるのか、それとも別の視覚を得る魔術を考案するのか。
やりたいことは山積みだ。
かつての自分を思い出しながら、二人は言葉少なに歩き出す。
これから魔術学校へ向かうのだ。
いつも通りに。

「――エルヴァ嬢。これは僕の独り言くらいの気持ちで聞いてほしいんですが」

言葉少なに歩いている最中。

クノンは何気なく話し出した。

「何？　クノンも相談事？」

「相談、なんでしょうか。ただの疑問というか、気になっただけというか。

あ、でもまず、あなたという闇夜でさえ隠し切れない輝きを放つ神秘の花の傍にいて、あなた以外のことを考えている僕を許してほしい」

「あ、うん。私も可愛い小さな紳士の横にいて違うことを考えてたから気にしないで」

そんな前置きをして、クノンは言った。

「今セラフィラ嬢が越えようとしている壁。

その向こう側に、僕がいる。エルヴァ嬢やベイル先輩がいる。僕はそう思っています」

「うん」

壁を越えた先は、魔術の深淵《しんえん》へと向かう、果てしなき道だ。

誰も彼も。

エルヴァも、ほかの特級クラスの生徒も、教師たちだって。

皆その道を進んだり、時には迷ったりしていることだろう。

感覚的な話だ。

だが、わかる話だ。

「ふと思ったんです」

クノンはなんでもないことのように言った。

「――グレイ・ルーヴァは、僕らのいる場所にはいないんじゃないか。もう一つ壁を越えた先にいるんじゃないか、って」

「……！」

エルヴァは弾《はじ》かれたようにクノンを見た。

平手で顔を殴られたような衝撃を受けた。

もちろん痛みはない。

だが、しかし。

こいつは何を言っている。

いや――

その言葉さえ、なんだか、わかる。

感覚の話だ。

正解かどうかもわからないし、実際はそんなことはないのかもしれない。

だが、わかるのだ。

わかってしまうのだ。

同じ場所にいる者同士だからこそ、根拠もないのに、わかるのだ。

「そう、よね……違うのよね、なんだか」

世界一の魔女グレイ・ルーヴァ。

エルヴァは彼女の魔術など見たことはない。あの正体不明の「異影箱」の姿を見たことがあるだけだ。それも遠目で。

だが、そう、思い返せば――あれは、そう。

今自分たちが使っている魔術とは、違う場所にあるというか。

根本的に違う魔術というか。

それこそクノンの言う通り、何かの壁を越えた先にあるのだ、と。

そう考えるのが、異常なほどにしっくりきた。

自分たちがこねくり回している魔術ではなく、それとは根本的に違う魔術。

だから理解が追い付かない。

この魔術だ、という可能性も見えない。

再現する方法なんて一切思いつかない。

「四大魔素魔術の更に先にある魔術ってこと？　そんなの魔術界の根底を覆す理屈ね」

だが、そう考えるのがしっくりくる。

エルヴァがこれまで蓄えた知識と経験が、きっとそうだと告げている。

どこまでも感覚の話だ。

だがそれでも、エルヴァは確信していた。

魔術の壁は、まだある。

自分たちの歩む先にある。

もしかしたら、壁は一枚ではないかもしれない。

そして、その壁さえまだ見つけられない自分たちは、未熟な魔術師でしかないのだろう。

「……遠いわね」

「そうですね。もしかしたら、こっち側に来ない方が幸せかもしれませんね」

この道にはきっと果てがない。

それなのに、辿《たど》り着《つ》けない道を行く理由はあるのだろうか。

幸せに通じる脇道が、きっと、たくさんあるはずなのに。

「――それはないわね」

「――そうですね」

だが、二人には、その脇道が魅力的にはまったく見えない。クノンなんてそもそも見えない。

魔術の深淵は恐ろしく遠い。

だが、諦める気はさらさらなかった。

第四話　神花《じんか》探索

「――あ、クノン君！」

セラフィラの家を辞し、学校へ戻ってきた。

朝から色々あったが、まだ朝である。

クノンとエルヴァが魔術学校へやってきたところ、何人かの生徒が走り回っていた。

何かあったことはわかった。

まあ、ここで何かあることなんて日常茶飯事だ。

誰が走り回っていても、特に珍しくもない。

だが詳細は気になるところだ。

もしかしたら、校舎が全壊するような事件が起こっているかもしれない。現に少し前に起こった事件である。

だから無関係かどうかは確認したいところだ。

さて誰か捕まえようか、と思ったところで、向こうからやってきた。

「何かあったの？　リーヤ」

声を掛けて近寄ってきたのは、クノンの同期リーヤ・ホースだ。

「僕も知ったばかりなんだけど、ありすぎたみたいで！」

ありすぎた。

あったのではなく、ありすぎた。

「随分わくわくさせてくれる言葉だね。素敵だよ。君が女性だったらと願わずにはいられないくらい」

「そういうのはいいよ。そもそも僕は話の中心にいないし」

まあ、受け入れられても困るが。

クノンも言ってみただけだ。

「何があったの？　私は関係ある？」

エルヴァが問うと、リーヤは「わかりませんけど」と前置きして。

「まず、ここ数日、聖女のレイエスさんが行方不明になっていたみたいで」

「「えっ」」

のっけから衝撃の情報だった。

行方不明。

最近流行《はや》っているのだろうか。

遠征に同行したセララフィラも、あの老執事から見たら行方不明だった。

どうやら行方不明は巷《ちまた》に溢《あふ》れているらしい。

「レイエス嬢はどうなったの⁉」

だが、さすがに一年の付き合いがある聖女の話。

しかも「遠征に行った」という前情報もなく、何一つ詳細を知らない話である。

それだけに、クノンは一瞬で嫌な汗を掻《か》くほど焦り、心配に胸を痛めていた。

「あ、うん。無事だよ。別に怪我《けが》もないし。

そもそも見つかったから行方不明だったことが露呈したって感じで」

つまり、誰も聖女が行方不明だったことに気づいていなかった、と。

そういうことらしい。

——クノン自身も全然気づかなかったので、その点には何も言えない。

「それで、聖女は今どこに？」

エルヴァが問うと、「今頃は自分の教室に戻ってるはずですよ。数日植物の世話ができなかった、と言ってましたので」と。

ひとまず本当に問題はなさそうである。

いつもの聖女らしいと思える返答が来たので、ほっとした。

聖女は無事だ。

無事だし、ぶれてもいない。

「それでね、話はここからで——」

「リーヤ君！」

更に続けようとしたところで、可憐《かれん》な少年が駆け込んできた。

「代表は見つけた!?」

「合理の派閥」のカシスである。

今日もミニスカートから覗《のぞ》く太腿《ふともも》が眩《まぶ》しい。

「カシス先輩、お久しぶりです」

「久しぶり！　でも今余裕ないから後でね！」

夏季休暇から今日まで会っていなかったクノンが挨拶《あいさつ》すると、一応相手はしてくれたが。

話をする余裕はないようだ。

その辺を走り回っている生徒たち同様、彼も忙しそうである。

「何があったの？」

エルヴァが普通に問うと——カシスはまじまじと彼女を見た。

この二人、付き合いはない。

カシスは人見知りするし、属性も派閥も違うので、これまで接点がなかったのだ。

そう、この時までは。

「土だ」

「は？」

「土属性、手伝って！　ちょっと大事になりそうなの！」

「大事、って……いや、手伝うのはいいんだけど。何の話かがわからないのよ」

魔術学校には事件が多い。

応援要請が入るのも、珍しいことではない。

ただ、話がわからないと手の貸しようがない。

カシスは「合理」で。

エルヴァは「調和」だ。

派閥を越えての要請となれば、尚更《なおさら》慎重にならざるを得ない。

自分たちの派閥だけでは解決しない。

それは、大事件である可能性が高いから。

迂闊《うかつ》に行動すると事件が拡大する恐れもあるのだ。


リーヤは再び、自身の派閥である「合理」の代表を探しに行き。

代わりのように、カシスが状況説明を引き継いで話し出す。

「手短に説明するわよ。詳しくは私も知らないし、きちんとした調査もこれからだから。

私の推測も入ってるし、間違いもあるかもしれないけど。

でも、一応指針として聞いて」

そんな念入りな前置きをして、カシスは言った。

「ここ二、三日くらい、聖女レイエスが行方不明になってたのよ」

それは聞いた、とばかりにクノンとエルヴァは頷《うなず》く。

「まあ行方不明なんて特級クラスには珍しくもないし、大したことじゃないし。それだけならどうでもいいんだけど」

突発的にフィールドワークに出て、泊まりがけになる。

確かによくあることである。

「問題は、聖女が出てきた場所なのよ」

場所。

「彼女ね、『合理の派閥』の地下から出てきたのよ」

「地下、って……あの拠点にしてる人工ダンジョンから？」

「そう。突然下からやってきたのよ」

それは、つまり――

頭の回転が速いクノンとエルヴァは、この辺りで話が見えてきた。

「僕、レイエス嬢はあの森の調査をしてると認識してました」

少し前の情報だ。

それこそ二週間も前に、聖女本人から聞いた話だ。

一緒に行きたかったが断られたので、そういう意味でも印象深い話になった。

それ以降、全く会えていない。

噂《うわさ》さえ耳に入らなかったので、クノンはまだ、聖女は調査を続けていると思っていた。

今日明日にも会いに行っていたとは思う。

突然発生したあの森。

霊樹輝魂樹《キラヴイラ》が芽吹いたことが原因であり、まだまだ謎の多い場所となっている。

クノンも興味津々なので、調査結果を聞きに行っただろう。

それはともかく。

もし、聖女が今も森の調査をしている段階であるなら。

聖女は森の調査をしていて、そこで行方不明になり。

数日後、「合理の派閥」の拠点から現れた、ということになる。

つまり、だ。

「もしかして、あの森と人工ダンジョンが地下で繋《つな》がっているの……？」

エルヴァも同じ結論に至ったようだ。

「それだけならまだいいでしょ」

カシスは深刻な顔で言った。

「あの森、植物の成長速度が異常でしょう？

それが原因で、森とダンジョンが繋がったとして。

もし植物がそのまま成長していったら、どうなると思う？」

――どうなると思う？

「レイエス嬢が住み着きそうな植物に満ちた地下帝国が誕生……？」

「クノン君。今そういう面白くしたい答えはいらない」

いつものつんけんしたカシスではなく。

大真面目な顔で注意された。

――真面目な女性もいいな、とクノンは思った。彼は男だが心は女性である。

「まあクノンの言い方はともかく、地下全体に植物が広がる可能性はある……というか、可能性は高いというか。

……すでになってるかも、というか？」

探り探りに言うエルヴァに、カシスは神妙に頷く。

「今うちの代表もいなくてね、探してるんだけど……あの人もここ数日行方不明なのよね。誰も居場所を知らないの」

「合理」代表ルルォメットも行方不明らしい。

やはり行方不明は流行っているようだ。

「一応解決案として、今すぐ植物を食い止めて、森と繋がっている地下ダンジョンの壁を塞《ふさ》ぐって方向で話がまとまってるの。

それに手を貸してほしいのよ」


「なぜか穴が空いていて、不注意にもそこに落ちた形になります」

聖女レイエスの教室を訪ねたクノンは。

聖女本人に、まず、そんな説明をされた。

聖女は無事だった。

数日行方不明になっていたらしいが、少し髪が乱れて服が汚れているくらいで、他には何の支障もなさそうだ。

——エルヴァがカシスに連れていかれた後、クノンは真っ先に聖女の様子を見に来た。

単純に心配だったからだ。

無事だという話は聞いたが、それでも、自分の目で確かめたかったのだ。まあ見えないが。

事情こそ違うが、いつものように聖女の教室にやってきた。

果たしてそこには。

少々くたびれた格好の聖女が、植物の様子を見ている姿があった。

いつものように。

「急な傾斜になっていたようです。無力な小石のごとく穴を転がり落ちた私は、いつの間にか石積みの迷宮の中にいました。

真っ暗で、落ちた拍子に怪我もしたのですが、幸い私は光属性ですので」

単純に遭難事故である。

準備なしに放り込まれれば、大変なことになっていただろう。

だが、聖女にとっては特に問題はなかったようだ。

自前で怪我を治す魔術もあれば、光源を生む魔術もあるから。

「それに、一緒に調査していた先生たちが早々に私の不在に気づき、自ら穴を降りて助けに来てくれたのです」

なるほど、とクノンは頷いた。

そう、何もわからない森の調査をしていたのだ。

どんな危険があるかわからない。あるいは危険があっても対処ができるよう、単独行動を許さなかったのである。

聖女が落ちた時、教師がすぐ傍《そば》にいた。

だからすぐに救助された。

何があっても安心の布陣だったわけだ。

「じゃあ、数日行方不明になってたのって」

「地下迷宮の中にも植物が広がっていたので、その調査をしていました。石畳なのに根が張り、低木のようなものまで生えていましたので。

日の当たらない環境だけに、面白い成長をしていました。非常に興味深いものでした。先生方と一緒になって観察を続けました」

つまり、そういうことか。

「観察に夢中になっていたら何日か過ぎていた、ってことだね」

「ええ。地下では時間の感覚がわからなかったので、気が付けばそれくらい経《た》っていたというだけです。

いざ地上に戻ったら数日経っていたと言われ、驚きました」

それは驚くだろう。

だが、時間の流れが早くなることは、よくある。

集中して楽しい時間を過ごしている時は、よくそうなる。

「確かに、何度か意識を失うことはありましたが」

それはたぶん寝落ちしていたのだろう。

意識は常に覚醒《かくせい》している。

夢中になればクノンもそうなるので、そこはわかる。

だが、身体《からだ》は正直である。

自覚はなくともちゃんと疲れているものだ。

「あの森ってどうなってるの？」

クノンはまだ森には入っていないが。

聞いた話によれば、植物が移動したり、穴が空いていたりするようだ。

今回は地下施設と繋がっていたりしたようだし、気にならないわけがない。

霊樹輝魂樹《キラヴィラ》。

すごい植物だとは知っているクノンだが。

すごいだけに留《とど》まらない、とんでもなく厄介な存在に思えてきた。

――聖女同様興味深くてたまらないが、放置するのも危険な気がしてきた。

現に聖女は、穴から落ちた時に怪我もしたそうだ。

とてもじゃないが、危険がない安全な地、とは言えない森である。

「面白いですよね。育てた環境の違いで植物もまた変わる。

こんなにも奥の深い生命が満《み》ち溢《あふ》れているこの世界は、まさに神の奇跡の産物と言えるでしょう」

いつもの無表情だが。

いつもより穏やかに、神を語る聖女レイエス。

その姿は信心深い本物の聖女であることを、強く感じさせた。

「――あと半年もすれば、あの迷宮は植物に満ちることでしょう。神の御業《みわざ》の為《な》せることです。

ふっ……あと半年もすれば、私の理想の環境が……私の理想の植物の地下都市が……ふふ……」

聖女が笑った。

初めて笑った。

それはどこまでも純粋な笑みだった。

善悪を問わない純粋な笑みだった。

ともすれば自分の知識欲が満たされることへの期待と情熱。

そんな気持ちが溢れて、顔に出ているのだ。

クノンはそれを美しいな、と思った。

まあでも、見る人によっては、結構邪悪に見えたかもしれない。

――それより、言えなかった。

クノンは言えなかった。

地下に広がる植物たちが、今まさに駆除されようとしていることを。

揉《も》めるのが目に見えているからだ。見えないが。

教えれば聖女は止めに行くだろう。

だが、植物の進行を止めねば、地下施設が崩壊する危険がある。

さすがに知識欲の前に人命である。

もし植物の根などが原因で人工ダンジョンが崩れたら、そこを拠点にしている「合理の派閥」が大変なことになる。

これぱっかりは仕方ないと思う。

クノンだってかなり興味はあるが、人の犠牲の上に存在していいものではない。

「レイエス嬢」

「はい？」

「またなんか一緒に実験やろうね」

「……？　はい」

これから後。

あるいはすぐ。

聖女はとてもがっかりするのだろう。

クノンはそれを知っているが、何も言えない。

きっとそんな痛みも、彼女の感情や情緒の成長に必要なのだろう、と。

そう思うことにした。


それから数日後。

聖女は、植物の地下都市という野望が潰《つい》えていたことを知った。

「……ああ、そうですか」

見た目はいつも通りだが。

心なしか、どこか寂しそうだった。

◆

聖女の行方不明。

並びに「合理の派閥」の拠点である、地下施設への通路開通、植物侵食。

新年度早々に起こったこの事件。

ほんの数日中に、静かに片が付いたという。

意外なほどすんなりと。

「――おや。久しぶりですね、クノン」

その噂を聞き、クノンは「合理」の拠点へとやってきた。

代表ルルォメットに会うためだ。

問題発生当時は行方不明だった彼だが、今日は拠点の自室にいた。

「先日の件が気になって。どうなったか聞いてもいいですか？」

クノンがここに来た理由は一つ。

あの事件の詳細を知るためだ。

そして、結果に落ち込むであろう聖女に、欠片《かけら》ほどの救いがあれば、と思ってのことだ。

この段階で、彼女の耳に入っているかどうかはわからないが。

一つでも喜ばしい報告があれば、聖女の落ち込みも多少は和らぐだろう。

まあ、聖女のことはついでのようなものだが。

単純に面白そうで興味深い事件だから知りたい、というのがやってきた理由の八割だ。

「あの話ですか。カシス辺りが大騒ぎしたようですが、騒ぐほどの事件ではありませんでしたよ？」

さすが三派閥の代表。

誰かが起こした事件の後始末など、やり慣れているのだろう。

「地下ダンジョンの一部が崩壊し、あの森が侵食してきた。それだけの話です。――クノン、この書類を清書してみませんか？」

「あ、します」

話をする代わりに労働をしろ、と。

そういうことである。

「何の実験の書類ですか？　先輩のやる実験っていつも面白そうなのばかりですよね」

クノンは快諾した。

単純にルルォメットの研究にも興味がある。

水以外の属性の実験も、非常に興味深い。

珍しい闇属性持ちの実験となれば尚《なお》の事だ。

「あ、やっぱり。こんな楽しそうな実験しちゃって……たまには僕を誘ってくれてもいいんじゃないですか？」

「去年、何度か誘おうとしましたよ。しかし君はいつも忙しそうでしたから。タイミングが悪かったから諦《あきら》めたんです」

優秀な者ほど時間がない。

いわゆる、魔術師あるあるだ。


「――今回の件、光と闇は相反するものなのだと実感しましたよ」

しばらく書類の清書に夢中になってしまった。

昼過ぎに来たのに、気が付けばもう夕方。クノンの門限は近そうだ。

危ないところだった。

差し入れの紅茶と紫クッキーがなければ、今日は書類仕事を手伝うだけで終わっていたかもしれない。

テーブルを挟んで向かい合い。

ルルォメットはクノンの清書した書類を眺めながら、ゆっくりと語り出した。

「闇の特性は、衰退や衰弱。何かを弱らせることに特化しています。

対する光は、やはり守ったり育てたりする傾向があるのではないでしょうか。

あの森、光属性が多分に関わっていると思いますよ。あの植物の成長速度は普通のものではありません」

ルルォメットはまだ、あの森の正体――輝魂樹《キラヴィラ》のことを知らない。

だが、尋常のものではないことは、気づいているようだ。

クノンは霊樹輝魂樹《キラヴィラ》のことを知っているが、まだ言えない。

「そういえば、レイエス嬢が地下《ここ》から出てきたあの日、ルルォメット先輩も行方不明だったみたいですね」

同期リーヤを始め、「合理」の生徒たちが走り回って探していた。

結局彼はどこにいたのか。

「宿で寝てました」

「宿？」

「久しぶりの睡眠でした。誰にも邪魔されたくなかったので、誰にも知らせず家に帰らず宿を取りました。

もし誰かに知らせていたら叩《たた》き起《お》こされていましたね。危ういところでした」

久しぶりの睡眠。

わざわざ宿を取って。

きっと何日も実験に夢中だったのだろう。

もし居場所を教えていたら、絶対に叩き起こされていたはずだ。

「結局事件のことを知ったのは、その翌日でした。

緊急性が低い事件なのに急に呼ばれても困ります。……そう言ったら女性陣に文句を言われましたね」

「文句、ですか？」

「地下で虫が繁殖したらどうするんだ、と。植物はまだいいが虫が増えるのは絶対ダメ、イヤ、だそうです。増え始めたらもう終わりだから、と。ひどく叱責されましたね。あんなにも他人に責められたのは初めてでした」

虫か、とクノンは頷《うなず》く。

ミリカも虫は好きじゃなかった。

だから、女性の虫嫌いは意外とは思わない。

まあ、片や虫に名前を付けて愛《め》でる女性もいるのだが。この前一緒に水踊虫《すいようちゅう》の実験をした女性とか。

「それで、……あ、そうか」

どう解決したのか聞こうとしたクノンだが。

前置きの話を思い出し、気づいた。

そうだ、目の前にいるのは闇属性の魔術師なのだ。

「闇で植物を枯らしたんですね」

衰退、衰弱。

植物にそれを掛ければ、きっと枯れる。

「合理」の皆が代表を探していたのは、指揮する者が欲しかったのではなく。

ルルォメットが闇属性だからだ。

彼がいたらすぐに収束するだろうと察していたのだ。

現場は地下施設である。

そこにある植物の処理は、方法を選ぶ。

燃やすより、引っこ抜くより。

可能であれば、枯れさせる方がよっぽど安全で無害、そして早いだろう。

「ええ。数日歩き回ることになりましたが、植物の掃除は終わりました。穴も塞《ふさ》いだし、しばらくは問題ないでしょう」

植物は枯れた。

どれほどの規模で広がっていたか、クノンは知らないが。

数日歩き回ることになったというからには、結構広がっていたのかもしれない。

――つまり、だ。

「植物自体はまだ残っている……？」

「枯らした後に粗方回収はしましたよ。……もしかして種ですか？」

そう、その通りだ。

クノンが何を知りたいのか、ルルォメットはすぐに気づいた。

「種、残ってませんか？」

「ありますよ」

「やった！　よかった！」

植物はダメだった。

だが、次に繋《つな》がる種は回収できそうだ。

「果物は美味《おい》しくいただきましたので。そちらの種も残っているかもしれません」

どうやら植物を枯らすついでに、実っていた果物は回収してきたようだ。

ここまで来た甲斐《かい》はあったようだ。

きっと落ち込んでいるだろう聖女に、一握りの吉報を届けられそうである。

まあ、八割は詳細を聞きたかっただけだが。


聞きたいことは聞いた。

もう夕方だし、彼の研究室から辞するにはいい時間である。

「これから聖女のところへ？」

クノンが立ち上がると、ルルォメットはそう訊《たず》ねた。

話も一区切りついたし、クノンには門限もある。

「私も彼女に話があるので、一緒に行きます」

「あ、いえ。僕はこのまま直帰です」

種は今すぐ必要なわけじゃない。

今、話をしたばかりなのだ。「合理の派閥」だって、種を引き渡す用意もできていないだろう。

彼らを急《せ》かしてまで、今すぐに用意してもらう理由はない。

種は後日でいいのだ。

聖女には明日にでも報告できればいい。

地下施設で育っていた植物の種が残っている、と。

ゆえに、クノンはこのまま帰るつもりだ。

いい時間だし。門限があるし。門限を破ると侍女が怒るし。

「レイエス嬢に話があるんですか？」

「そのつもりだったんですが……そうですね」

――クノンが行くならついでに、と思っていたルゥメットだが。

しかし、冷静に考えると。

果たして話を持っていくのは聖女でいいのか、という疑問もある。

聖女はあの森の調査に入っている。

どんな理由で許可が下りているかはわからないが、それ以外の生徒はまだ立入禁止だ。

メインで森の調査をしているのは、聖女ではなく、教師たちである。

道理で言えば、話すべきは教師たちだろう。

だが、教師たちはいつどこにいるかわからない。

午前中ならまだしも、午後は己の実験や研究を始める者が多いのだ。

関係者で確実に捕まえられそうなのが聖女なのである。

何なら聖女から教師たちに話を伝えてくれてもいいが、さて……。

「……まあいいでしょう。それでは一人で行きます」

少し悩んだが、ルルォメットは一人で聖女に会いに行くことにした。

「あ、行きます？　僕もお供していいですか？」

「はい？」

今帰ると言ったクノンが妙なことを言い出した。

「だって先輩が直接動くほどの話なんでしょ？　絶対面白そうな話するでしょう」

――それはするだろうな、とルルォメットは思った。

教師たちは口を割らないと思うが、聖女なら何か教えてくれるかもしれない。

そんな打算もあり、だから教師ではなく聖女に話を持っていくという側面もあるのだ。

「では一緒に行きましょうか」

断る理由もないので、クノンも一緒に行くことになった。


「――こんにちは、クノン。ルルォメット先輩」

聖女レイエスは、自分の教室にいた。

意図しない行方不明から帰還し、数日。

彼女は何事もなかったかのように、己の日常に戻っていた。

植物地下都市計画が頓挫《とんざ》したことは聞いている。

仕方ないことだと諦めもついている。

植物の根は岩をも割る。あの地下施設が崩壊しようものなら大惨事なので、なくなってよかったのだと思うようになった。

惜しむ気持ちがないわけではないが。

いずれ自分で作る楽しみにすることにした。

都市とは言わないが、小さな村くらい。そのくらいの規模の、自分だけの植物村を作り上げるつもりだ。

——聖女はまだ知らない。

人はそれを野望と呼ぶ。

だが、感情の乏しい彼女に、その自覚はまだない。

「ここがあなたの教室ですか。噂には聞いていましたが、なかなか趣がありますね」

ルルォメットは物珍しげに教室内を見回す。

聖女の固有魔術「結界」に守られた鉢植えたち。

明らかに季節じゃない植物もあるが、それらは「結界」の中ですくすくと育っている。

実に面白い。

「来たのは初めてですか?」

クノンが問うと、ルルォメットは首肯した。

「彼女と面識はありますが、教室に来たのは初めてです」

――去年、「合理」の実験にて、聖女には何度か手伝ってもらった。

勧誘も含めて接触したのだが。

結局聖女は、三派閥のどこにも属さないと決めてしまった。特級クラスの生徒には貴重な無所属である。

「申し訳ありませんが、私はもうすぐ帰ります。用事があるなら早めにお願いします」

――先の行方不明で、聖女は己の護衛に怒られたのだ。

学校に泊まることはよくあったが、一言も掛けずに泊まることは、これまで一度もなかったから。

教師の証言と証文付きで、どうして数日帰らなかったのか報告したが。

それでも怒られた。

おかげで、しばらくは門限が厳しくなった。

元々、約束は絶対に守る。

そもそも「約束を破る」という発想がない聖女だけに、定められた門限は絶対である。

「そうですか。では手短に」

書類をまとめていた聖女の向かいに座り、ルルォメットは切り出した。

「――光る植物に心当たりは？　そのようなものを地下で見たのですが」

光る植物。

ルルォメットの隣の椅子に座ろうとしていたクノンは、思わず動きを止めた。

それは、まさか。

それこそ聖女があの森で探していたものではなかろうか。

神花《じんか》。

そう――聖女があの森で探していた植物が、それではなかろうか。

「あると言えばありますが、ないと言えばないですね」

聖女はしれっとそう答えた。

感情が乏しい彼女は、嘘《うそ》は吐《つ》かない。

要するに――心当たりはあるかもしれない、と言っている。

もっと言えば、心当たりはぼんやりある、と言っているのだ。

「先輩、もう少し詳しく話してください」

「詳しく話したいのは山々ですが、私の目の錯覚である可能性もあるのです。数人チームで地下に潜りましたが、見かけたのは私だけ。それも一回、遠目で、です。

そもそも――素早く移動していましたからね。

植物は自分の足で動かないでしょう？　だから植物かどうかも怪しいのです。私には植物に見えたのですが、実際はどうだか」

植物は自分の足で動かない。

足というか根っこというか。

まあ、確かに、普通の植物は自走しないだろう。

「しかも、その光る植物が通った跡に、植物が生えているかのようでした。足跡が緑化する、という表現になりますね。

その光る植物は、下へ下へと向かっているようでした。私たちはそれを追うようにして下へ向かったのです」
ルルォメットは、地下の掃除に数日掛けたと言っていた。
思ったより広範囲に広がっていたのではなく。
ルルォメットたちが追い駆ける分だけ広がっていった、という解釈になる。
「俄《にわ》かには信じられない話です。
私も魔術師じゃなければ、頭から否定していたことでしょう」
たくさんの不思議、たくさんの不可解に触れてきた魔術師だから。
だから見たままを信じることができる。
「でも、もしそのような存在がいるなら、筋が通るんですよね」
そもそもの話。
あの森から地下に向けて穴を空けたのは何者なのか、という疑問があるわけだ。
木の根が突き破ったのならわかる。
しかし実際は、人が落ちるほどの大きさの穴が空いたのだ。
何が原因で空いた穴なのか。
そこに、自走し、足跡を緑に変える光る植物がいる。
穴を空けたのも、その光る植物ではないか。
不自然な存在ではあるが、そう考えた方が自然な気がするのだ。
「それで、その光る植物はどうなったのですか？」

一通り話を聞いた聖女は、そう質問する。

光る植物の足跡が、緑になる。

それを追ってルルォメットは奥へ奥へと向かった。

で、そのルルォメットが、今ここにいるわけだ。

問題は解決した、と聖女も聞いている。

つまり、地下施設の植物は排除されたということ。

ということは、問題の根源をどうにかした、という意味に他ならない。

果たして追いついたのか。

確保したのか。

あるいは、燃やすなり切るなり引っこ抜くなりで仕留めてしまったのか。

もしかしたら今すぐ自分にプレゼントしてくれたりして。

――いや。

ルルォメットは思慮深く、優秀な魔術師だ。

もし謎を見つけたら、そう簡単に排することは選ばない。クノンじゃないので軽々しく女性に軽薄なことは言わないしプレゼントもしない。

多少被害や不利益を被《かぶ》ってでも、謎の解明に臨むだろう。

だから、軽率に手は出さないはず。

「見失ったのだと思います。植物が途切れたので、引き返してきました。

私がここに来てあなたに話している理由も、そこにあります」

聖女も、大人しく聞いているクノンも、ピンと来た。

「それってチャンスじゃないですか⁉」

しかもクノンは興奮したので、口に出した。

「出入り口を塞《ふさ》いだのなら、その光る植物は地下にいるって確定してませんか⁉」

逃げ道を塞いだ、という形である。

森への穴は塞いだので、地下に取り残されているはず、と。

「あるいはまた穴を空けてどこかへ……という可能性もありますが、まあそちらはないでしょう」

――何しろ古い地下施設である。

「合理の派閥」の拠点は、人工ダンジョンである。

今や底を知る者はいないくらい古く、深く、広大な施設となっている。

魔的要素で頑丈にはしてあるが。

それでも、崩落や崩壊の可能性はどうしても残ってしまう。

実は、もしダンジョンが形を変える……一部でも崩れたり壊れたりした場合、警報が鳴るよう仕掛けがしてあるのだ。それがあったからカシスらが大騒ぎしたわけだ。

ここは魔術学校。

事件など日常的に起こる場所だ。

今回だって、予想だにしない事故でダンジョンに穴が空いたのだ。考えられる安全策はちゃんと取ってある。

……という説明を長々する気はないので、ルルォメットは証言だけした。

――また穴が空いた事実はない、とだけ。

「つまり、クノンの言う通りである可能性が高いのです。光る植物はまだ地下にいるはずです」

確かにそうだな、と聖女は思った。

興奮しているクノンは、更にその先を考えていた。

「それってまずくないですか？」

「わかります？」

緑化が止まったから、問題は解決した。

それが今の状態。

しかし、元凶は地下に残ったままかもしれない。

ならば根本的な問題は解決していないということになる。

「今こうしている瞬間も、地下では緑化が進んでいる可能性があります。浅い階層ではわからないけれど、深層では細々と……」

「あるいは大胆に緑化が進んでいる？」

クノンが言った。

大胆に緑化、というのがわからないが、ルルォメットは「そうです」と答えた。

「大変じゃないですか！」

眼帯で見えないはずのクノンの両目がキラキラ輝いて見える。

「それはもう確保しに行くしかないですよ！　輝きを放つ淑女がごとき植物が紳士のお迎えを待っているってことですよ！」

──そう結論が出るよな、とルルォメットは思った。淑女とか紳士は知らないが。

そう、ルルォメットの最終的な目標はそこになる。

どうしてもあれを確保したいのだ。

もちろん、地下に放置するのが怖いという理由も含めて。

光る植物。

足跡が緑化する生物。

そんなの聞いたこともない存在だ、気にならないわけがない。

きっと魔的要素を大いに含む、貴重な物に違いない。

だからこそ、少しでも情報が欲しかった。

軽はずみに手を出して、永遠に失われるような結果に終わっては目も当てられない。

確実に確保したい。

その際、自分がそこにいなくてもいい。

この話、ルルォメットは教師にまで話を持っていこうと思っている。

己の欲は一旦《いったん》置いておく。

最優先されるべきは、貴重な素材の確保である。

たとえ自分の手に入らなくとも、それの情報さえあればいい。次の機会には入手できるかもしれないから。

今はそれでいいのだ。

最悪なのが、些細《ささい》なミスでそれが永遠に失われることだ。

今後の魔術界に関わる損害になりかねない。

――ただ、知りたかった。

あとは教師たちに任せることになりそうだが。

だが、せめて、ほんの少しでいいから、知ることくらいは許してほしい。

あの植物が何なのか。

果たして本当に植物なのか。

そんな些細なことでも知りたいのだ。

「どうですか？　レイエス。心当たりはありますか？　あの森とも関係があるのではないかと私は思っていますが」

話を振られ、聖女は答えた。

「心当たりはありますが、確証はありません」

光る植物。

――きっと神花のことだろう、と聖女も考えている。

あれだけ森を探しても見つからない。

それは、神花が逃げているから。

その結果、「合理の派閥」の拠点にまで逃げてしまった。

きっとそういうことなのだろう。

「加えて、それに対する情報提供を禁じられていますので、私からは何も言えません」

あの森――輝魂樹《キラヴィラ》についてては、まだ他言無用を言い渡されている。

当然、森の中の情報も話せない。

クノンは事情を知っている例外だが、それ以外は他言無用の対象である。

「そうですか。

あの森の調査に入っている唯一の生徒があなたなので、きっと心当たりがあるのだろうと思っていました。

そして、守秘義務があるだろうとも察していました」

その辺はルルォメットの予想通りだった。

だが、それでもだ。

それでも、教師よりは聖女の方が、まだ情報を漏らす可能性が高いと思っていた。

現に彼女は、「心当たりはある」とはっきり言った。

それ自体も貴重な情報である。

「あ、じゃあじゃあ！　先輩、僕らも捜索隊に立候補しましょうよ！」

「え？」

クノンの前向きすぎる発言は、さすがに予想していなかった。

だが、そう。

詳細は知らされないまでも、捜索隊の立候補はできる。

ダメで元々、提案するだけなら損もない。

いや、冷静に考えると。

むしろ勝算がある。

緑化が止まった場所……つまり光る植物を見失ったポイントを、ルルォメットは知っている。

教師が出張る案件になるだろうが、それでも、道案内は必要だろう。

人工で生物はいないとはいえ、地下はダンジョンだ。

下手に歩き回ればすぐ迷う。

いや、迷わないようにはなっているが。

それも最低限道がわかるようになっているだけの話だ。知っている者がいれば歩みも早いはず。

「当たり前すぎてちょっとなかった発想ですね。ぜひそうしましょう」

あとは教師たちに任せるつもりだった。

だから考えもしなかった。

早速ルルォメットは、教師たちに交渉しに行くことにした。

この後。

ルルォメットは交渉を成功させて、光る植物捜索隊の一人に採用される。

そして、なぜか同行して交渉したクノンも採用された。

「僕がいると色々楽ですよ」といくつか提案をし、それが決め手となった。

ルルォメットは思った。

往生際が悪いのは好まないが、人間時にはしつこくねばるのも大事なのかもしれない、と。

まあ、とにかく。

翌日より、人工ダンジョンの探索が決定した。

「――ということは、明日は泊まりになるんですか？」

夕食の席。

門限ギリギリに帰ってきたクノンは、明日の予定を話していた。

魔術都市ディラシックにやってきて一年が過ぎた。

毎日学校や親しい先輩の家へ出掛けるクノンは元より、侍女リンコもすっかりここの生活に慣れた。

今や近所でも有名人だ。

「揉《も》め事《ごと》の火中にリンコあり」と言われるほど、馴染《なじ》みに馴染んでいる。

「なるかも、って感じ。実際どれくらい掛かるかわからないんだよね」

光る植物の捜索は、明日から始まる。

今日、教師と交渉までしてきたおかげで、門限ギリギリの帰宅になってしまった。

ルルォメットの話では、彼は地下施設を数日歩き回ったそうだ。長丁場になりそうだと考え、一度準備を整えるために地上に戻ったりもしたそうだが。

それでも丸二日くらいは潜っていたとか。

まず、問題の光る植物を見失った場所まで行く。

それから捜索を開始する。

この二つの流れで行動する予定だ。

現地への到着はすぐだと思うが、問題は捜索だ。

光る植物はどこへ行ったのか。

もっと奥へ、もっと深部へ向かっているとすれば、当然捜索には時間が掛かるだろう。

「えー？　私にクノン様がいない夜を過ごせって言うんですかー？」

「ごめんね。僕もリンコと一緒にいたいけど、仕事だから」

「私と仕事どっちが大事なんですか？」

「その前に、お金を持っている僕と持ってない僕、どっちがいいか聞いていい？」

「いってらっしゃいませ。明日からリンコは一人寂しく、高級レストランでディナーしてきますので。経費で」

即座に行ってこいと言われた。

愚問とばかりに。

この侍女らしい返答である。

――難色を示されなくて助かった、とクノンは思った。

聖女の家庭事情を聞いたからだ。

最近あの家では、彼女がうっかり行方不明になったばかりに、門限が非常にタイトになったという。

あんなこと、この家で起こったら大変だ。

帰りにレディとパフェに行くこともできなくなる。

「一応、最長で二日泊まりになるかも、くらいに思ってて。レストラン、美味しかったら今度は一緒に行こうね」

「はい。しっかり味わってきますね。経費で」

翌日。

二日分の泊まり支度をし、小さくまとめた荷物を持ってクノンは家を出る。

少々天気が悪く、今にも降り出しそうだ。

しかし向かうのは地下施設なので、問題はない。

まあ、そもそも水属性のクノンは、水がある方が何かと有利ではあるが。

ご近所と犬たちに挨拶《あいさつ》をしつつ学校へ向かい。

今日は自分の教室ではなく、「合理の派閥」の地下施設へ足を向ける。

商売の方は大丈夫だ。

昨日の内に「数日留守にする」と書いたプレートを掛けておいた。

急に魔術師がいなくなるのは、珍しいことではない。皆普通に「ああ用事ができたんだな」と思うだけである。

拠点の入り口には、ルルォメットが立っていた。

「早かったですね、クノン」

「先輩も早いですね」

約束の時間より、かなり早い。

楽しみすぎて、二人とも待ちきれなかったのだ。

「地下のダンジョンってどんな感じですか？」

「取り立てて特殊なことはないですよ。罠《わな》もないし生物もいない、ただの迷路です」

そんな話をしながら待つことしばし。

捜索を主導する教師たち三人がやってきた。

「――二人とも早いな。待たせたか？」

まず、がっちり大柄な土属性、キーブン・ブリッド。

「おはよう、クノン。ルルォメット。ルルォメットとは久しぶりに会うな」

去年は何かとお世話になった風属性、サーフ・クリケット。

そして――

「クラヴィスです。ルルォメットとは初めましてかな？　クノンは会ったことがあるよね」

目深にフードを被った、綺麗《きれい》な銀髪と比類なき美貌《びぼう》を持つ光属性、クラヴィス。

「……光属性ですか？」

この学校に来て数年。

クラヴィスと名乗った彼は、ルルォメットが初めて見る教師である。

この不思議な魔力の感触は、恐らく光。

恐ろしく強大で力強い。

「お察しの通りだよ。普段は自分の実験ばかりしているから、滅多に人前には出ないんだ」

こんな教師もいたのか、とルルォメットは驚いていた。

その隣で、クノンも驚いていた。

このメンツに驚いていた。

驚いていたというか、若干恐怖していた。

「さあ、あとは誰が来るのかな！　レイエス嬢も行きたいって言ってましたよね！」

クノンはいつになくそわそわしていた。

まさかこれで打ち止めということはあるまい。

さあ、遅れているのは誰なのか。

聖女だろうか。

絶対行きたい、絶対家の人を説得する、と豪語していた彼女だろうか。

「あ、レイエスは来ないよ」

言ったのはキーブンである。

「どうしても護衛を説得できなかったから、今回は泣く泣く諦《あきら》めると。ついさっき俺に言いに来た。前の行方不明からあまり時間が経ってないからな。どうしても無理だったって」

そんな。

「というわけで、この五人で行くことになる」

言ったのはサーフである。

「何があるかわからないから最低人数で、あらゆる状況に対応できるよう属性もバラバラにした人選だ。

火は外したけどな。さすがに地下じゃちょっと危険だから」

土、キーブン。

風、サーフ。

光、クラヴィス。

闇、ルルォメット。
そして水、クノン。
本人が言った通り、火は外したそうだ。
あとは魔属性だが……まあ、希少な属性なので急に確保はできなかったのだろう。
教師が三人もいる。
頼もしい限りのチームである。
ほんと、嫌になるほど頼もしいチームだ。
「若い子と活動なんて久しぶりだなぁ。短い間だけどよろしくね」
言ったのはクラヴィスである。
二十代から三十代くらいの若々しい姿だが。
実際は、結構年上なのかもしれない。
「……そんな……」
クノンは愕然《がくぜん》とし、呆然《ぼうぜん》とし、その上更にがっかりもした。
「女性が一人もいないなんてっ……！」
なんてことだ。
なんてメンツだ。
これまで、こんなにもやる気になれないチームがあっただろうか。いやない。
女性がいるだけで、クノンは頑張れるのに。
年齢だって関係ない。ただ一人女性がいるだけで、誰よりも張り切って頑張れるのに。

「サーフ先生」

「ん？」

「先生とシロト嬢、チェンジするというのはできませんか？」

「はっはっはっ。朝から笑わせるなよ」

「あの子面白いね、キーブン？」

「クノンは面白いですよ、いろんな意味で」

若干失礼なことを言っているクノンだが。

年長者たちは、余裕しゃくしゃくで笑っていた。

こうして、頼もしくも華がない男臭いチームが発足したのだった。


がっかりしているクノンを無視し、がっかりチームはすぐに動き出した。

まず、「合理の派閥」の拠点に入り、地下を目指すのだ。

特級クラスの生徒なら、なかなか気になる五人組だろう。

しかし、まだ朝が早い。

どこを見ても人の気配はなく、誰に見られることもなく拠点内を移動する。

「――輝魂樹《キラヴィラ》、ですか？　あの神話の？」

その最中、ルルォメットは訝《いぶか》しげな声を漏らす。

この男臭いメンツで、真っ先に問題になったこと。

それは情報の共有をどうするか、だ。

クノンが提示した問題である「サーフとシロトをチェンジするのはどうか？」は、愚問なので省く。

「私を見て属性に気づかないようなら、話すことはなかったかな。でもすぐに気づいたからね」

クラヴィスは穏やかに言った。

教師であるキーブン、サーフ、クラヴィス。

生徒であるクノン、ルルォメット。

この五人のメンツにおいて、今回の騒動の詳細を知らないのは、ルルォメットだけである。

あの大樹は、いずれ魔術学校の生徒たちの実験サンプルになる存在である。だからいずれ知られることなのだ。

ただ、ルルォメットは少しだけ早めに知ることになった。それだけの話だ。

「やはり派閥のリーダーは違うね。君になら話しても問題なさそうだ」

――多くは語らないが。

クラヴィスは、ルルォメットの判断を高く評価していた。

光る植物に手を出さなかったこと。

無理に追うことなく引き返し、その情報を徒《いたずら》に広めなかったこと。

すぐに教師案件とし、調査を手放す決断をしたこと。

植物が貴重な物と考えた、あるいは普段にない現象に対し慎重になったのだ。

素晴らしい判断だ。

功を焦る十代の魔術師には珍しい、思慮深い判断だ、と。

実際会って納得した。

ルルォメットになら話してもいいと考えた。

「――聖女が育てた？　まさか……いえ、輝魂樹《キラヴイラ》は実在したんですね……」

理解も早い。

信じがたい話だが、教師が動いている以上嘘ではないとすぐに察したのだ。

そんな会話を交わす二人の声を聞きながら、地下へ向かう階段を下りる。


「地下二階くらいまでは利用しています。まあ倉庫扱いですが」

出入り口のある一階と、地下一階。

その辺は居住や実験室を想定して、わかりやすい造りになっている。

しかし、地下二階以降は、迷宮である。

そう、ダンジョンなのである。

だが「合理」の生徒は、置き場所に困る物があると、物置代わりに地下に放置する者が多い。

何年も前からだ。

何代も前からのガラクタが溜《た》まっているのだ。

そのせいで、通路中に物が散乱している。

なかなか見るに堪えない惨状だ。

「サーフ先生はなぜ女性じゃないんですか？」

「この世の真理みたいなことを聞かれても困る」

大小問わず。

とかく障害物が多いせいで歩きづらいクノンは、サーフに手を引かれている。

チームの男臭さにがっかりしている上に、男にエスコートされている。

クノンの絶望は深い。

――最初は飛ぼうとしたのだ。

だが、この先どれほどの長丁場になるかわからない。

温存できる魔力は温存するべきだ。

クノンもそう思う。

だから大人しく歩いている。エスコートされて。

「――それにしても、神花ですか……私の想像以上に貴重な物だったんですね」

クラヴィスから詳細を聞いたルルォメットは、若干冷や汗が出てきた。

数日前の己の判断は正しかった。

どこまでも正しかった。

下手に手を出して台無しにしていたら、悔やんでも悔やみきれなかった。

輝魂樹《キラヴィラ》。

神花。

本当に、御伽噺《おとぎばなし》でしかお目に掛かれないような存在なのである。

そんな物が、ちょっと手を伸ばせば届きそうな場所にあった。

もし強引に手に入れようと考えていたら、取り返しのつかない大惨事になっていたかもしれない。

いろんな意味で怖い話だった。

神花が相手だけに、知らなくても仕方ないだろう。

だが、それでも、無知とは罪深いことだと思った。

「まあ、恐らく瀕死《ひんし》だろうね」

「『は？』」

ルルォメットとともに、クノンも反応した。

クラヴィスとルルォメットが話していただけだったのだが。

さすがにその言葉は、クノンも聞き捨てならなかった。

――ちなみに、この話を聞いた時は、キーブンもサーフもちゃんと驚いた。

「瀕死って？　神花が？」

「そうだよ。まだ生まれたてだから、力の使い方が上手《うま》くないんだ。力を使いすぎてどこかで倒れて……いや、萎《しお》れているんじゃないかな。

地上ならまだ回復する手段もあっただろうけど、地下だからなぁ」

力を使いすぎて。

思い当たることと言えば、地面に穴を空けたことと、足跡が緑化すること。

それと、自身が光ること、だろうか。

「クラヴィス先生は詳しいんですね」

ルルォメットは、神花に関わる文献なんて見たことがない。クノンもだ。

それなのに、彼は明らかに知っているようだ。

「無駄に長生きだけはしているから。無駄に知識があるだけだよ」

姿も声も若々しいクラヴィスなのに。

その言葉には、どこか老齢を感じさせる響きがあった。


地下三階まで下りてきた。

「別にサーフ先生って意外と力があって頼りがいがあって頼もしいなぁ、とか思ってませんからね」

「はいはい」

「紳士ぶりなら負けてないですからね」

「はいはい」

男にエスコートされるという屈辱を味わっていたクノンが、ようやく解放されて文句を言っているが。

ここから捜索本番である。

クラヴィスとルルォメットの話ももう終わっているので、しばらくは移動に専念することになる。

この先は、石積みの迷宮が続くのみ。

物が置かれていることもないし、生物も存在しない。

ひどく暗くて不気味ではあるが、迷宮としての危険はほぼない。

壁の至る処《ところ》に目立たない印が付けてあり、それらは、上り階段と下り階段への道を示している。

この迷宮は、あくまでも人工ダンジョン。

迷路ではあるが、実際人が迷うことは想定していないのだ。

うっかりここまで来た者がいても、自力で帰れるようになっている。

ちなみに罠《わな》の類もない。

空き部屋はあるが、基本的には通路ばかりである。

「障害物はないですか？」

「大丈夫だ」

クノンの問いに、サーフが答えた。

ここまでの乱雑具合を考えると疑いたくもなるが。

ここからは本当に通路だけだ。

ランプの明かりでは心許《こころもと》ない、見通せない暗闇が目の前にあるだけだ。

「それじゃ――少しお待ちくださいね」

さあ、ここからはクノンの出番だ。

クノンが同行を許された理由は、ダンジョンで役に立つと説得したからだ。

猛アピールして連れてきてもらったのだ。

それを証明する時が来たのだ。

「それっ」

暗闇に向けたクノンの左手。

そこから、無数の小さな「水球」が生まれて床に零《こぼ》れていく。

それらは床や壁をぽんぽん弾み転がりながら、奥へ奥へと流れていく。

どんどん「水球」が生まれて。

暗闇へと進んでいく。

「あ、もうよさそうです」

奥へ行った「水球」が、どこかへ落ちた。

下へ向かう階段を見つけたのだ。

クノンは右手の杖《つえ》を上げ、床を一度突いた。

「――凍結」

ビシッ、と水がきしむ音がした。

奥へ消えていった無数の「水球」が一瞬で集まり、水になり、凍る。

足りない水分を少し足して、完成だ。

「では行きましょうか」

クノンは靴底にソリを作り。

教師たちは、即席で作った「水球《ア・オリ》」のトロッコに乗って。

完成した氷の道を、かなりの速度で滑り出した。


同じことを繰り返すこと、数回。

「思ったより速いな。まだ昼にもなっていないはずだ」

もう地下九階である。

あまりにも早い進行速度に、キーブンは驚いていた。

そう、男臭いチームは、早くも地下九階へ辿《たど》り着《つ》いていた。

まだ午前中なのに。
クノンが「僕がいると便利ですよ！」と自己アピールした移動方法。
それがこの「氷の道」である。
これは、教師たちの想定よりずっと便利なものだった。
道は壁に書いてあるが。
暗がりを長々歩くのは、それなりに体力を使うし精神を削る。
少なくとも、急ぎの早歩きでも、こんな速度では進めなかっただろう。
「使用できる場所が限定されますけどね。今回は条件が合ったんです」
広さはともかく、ある程度密閉された空間。
生き物がいない。
落ちる系の罠がない。
これだけ条件が揃《そろ》っているからできることだ。
「水を流して地形を確認する方法は知っていましたが、それとは違うんですね」
ルルォメットの言葉に、クノンは頷《うなず》く。
「それでもできそうですけどね。でもこれはただの魔力の温存です」
水でも同じことができるとは思うが、それだと魔力の消費が大きい。
ただの水より「水球」を流し込む方が無駄がないのだ。
水の一滴まで操作するのは大変だ。
だが、ある程度まとまっていればやりやすい。

壁や床に沁《し》み込んだり、隙間に入り込んだりもしない。加えて、今回は隅々まで調べる必要はないのだ。

降りる階段が見つかれば、それでいい。

あとは最短ルートに「水球」を集めて、水にして凍らせるだけ。

それで通り道の完成だ。

――それに、運が良ければ帰りも速いだろう。

まだ暑い季節ではあるが、ここは地下施設。

結構涼しいのだ。

ここまで作って残してきた「氷の道」が溶ける前なら、帰りもそのまま使えるかもしれない。

「よし、次の階に行きましょう」

九階を進む「氷の道」ができたので、一行は移動を再開する。

滑るクノンに先導される形で、教師たちが乗るトロッコも進む。

ただ乗っているだけでいい。

およそダンジョン探索とは思えない快適さである。

「目的地は十四階だったかな？」

クラヴィスの質問に、ルルォメットは「はい」と答えた。

――神花を見失ったのは十四階である。

あの時のルルォメットら「合理」の生徒たちは、あくまでも神花の後を追うようにして移動していた。

広がる緑化を枯らし、回収しつつ。

そのおかげで、だいぶ移動に時間が掛かってしまった。

だが、今回はこの移動速度である。

神花がすぐに見つかれば、日帰りも余裕だろう。

「クラヴィス先生。神花とはどういうものなのですか？」

キーブンは、思い切ってクラヴィスに聞いてみた。

ずっと質問する隙を窺《うかが》っていた彼は、かなり緊張していた。

――このクラヴィスという男。

教師たちもよくは知らない。滅多に人前に出てくる者ではないし、どこにいるか知る者も極わずか。

非常に謎の多い人物なのである。

だが、一つだけわかっていることがある。

それは、彼が魔女グレイ・ルーヴァの直弟子であるということだ。

――今回、聖女レイエスが同行できなかった。

かなり土壇場で知らされた出来事だった。

神花のことなど、誰も知らない。

どういうものかもまったくわからない。

だからこそ。

植物に強い聖女ならなんとかなる、と見込んでいたのだ。

いざとなれば「結界」に封じれば確保はできるだろう、と。

しかし、残念ながら同行できないと断られてしまった。

ゆえに代わりとなる光属性が必要になった。

「結界」は使えないまでも、なんらかの形で光属性が必要になる可能性がある、と思ったから。

キーブンと仲の良いスレヤ・ガウリンは、ここ最近は忙しいので、同行は無理だろう。

その辺りを、学校の上役に相談したところ――

「神花は……なんて言えばいいんだろうなぁ」

このクラヴィスがやってきたのだ。

あのグレイ・ルーヴァの直弟子だという、この男が。

「認識としては、魔力を帯びた花、でいいと思うよ。ただの素材だね。扱いが難しいっていうのは霊草の類と一緒かな。

通常、神花は移動なんてしないからね。強力な力はあるけどただの花なんだから」

誰も知らないはずの神花のことを、クラヴィスは事も無げに話す。

「今回の件は、光の精霊が宿り木代わりに使った結果じゃないかな。動かしたのは精霊だね。彼らと神花、相性がいいから」

おぼろげに原因まで見据えていたらしい。

「だとすると、精霊が神花の力を使って色々やって、使い果たしてしまったんじゃないかな、と。

だから神花は瀕死……無理に力を使われてしまって枯れかけている、というのが私の読みだね」

果たしてその読みが当たっているのかどうか。

まあ、何にせよ、だ。

神花について詳しいクラヴィスがいれば、この問題はすぐに解決しそうだ。

誰もがそう思っていた。

「——今なんか面白そうな話してたでしょ？　僕に内緒で」

いつの間にか後ろ向きで滑っていたクノンだけ、会話が聞こえていなかったが。


踏破、という表現もおかしい気もするが。

順調に進んだ五人は、問題の十四階に到着した。

まだ昼前である。

「ここからは私が先導しようか」

クラヴィスが前に出る。

捜索範囲は、ここからである。

もちろん神花が上階に移動した可能性はある。

一応クノンも気を付けてはいたが、神花は上階にはなかった……はずだ。

隅々まで調べたわけではないから明言はできないが、神花らしきものに「水球」が当たらなかったのは確かである。

まあ、可能性の問題だろう。

この階から下にいる可能性の方が高いから、こちらから捜索する。それだけだ。

「えっと……こうだったかな？」

クラヴィスが左手を上げると――無数の「光球」が生まれて、床に零れていく。

それらは床や壁をぽんぽん弾みながら、奥へ奥へと転がっていく。

見た目こそ違うが。

クノンがやった「水球」と、ほぼ同じ動きである。

「おお……！」

光属性の魔術を見ること自体が滅多にないだけに、クノンは興味津々だ。

だが、しかし。

それ以上に――

「行こうか」

クラヴィスが歩き出し、四人はそれに続く。

「……ふうん」

クノンは確かに見た。

クラヴィスが魔術を使う瞬間、彼の背後に一瞬だけ、それを見た。

――淡い光を放つ、首のない女神像を。

普段は見えない彼に憑《つ》いているものは、そういうものだった。

――興味深い。

クノンは歩きながら考えていた。

ここまでは先導してきたクノンだが、今はチームの最後尾にいる。

色々と気になることは多い。

たとえば、クラヴィスの「光球」。

あれはクノンの「水球」と同じ動きで、止まることなく、ダンジョンの奥へと行ってしまった。

なんの意味があったのかと――

少なくともクノンにはわからなかったが、ようやく気付いた。

あの「光球」が接触した床や壁に、ほんのり光が宿っているのだ。まるで光のインクを使ったスタンプのように。

要するに、光源の確保である。

見えないクノンに明暗は関係ないから、最初はわからなかった。

きっとクラヴィスは、今ここで、クノンの「水球」を見てからそういう魔術を考案したのだ。

クノンが尊敬してやまないあのサトリでさえ、何日か練習して、新しい魔術を開発・習得するのである。

それでもかなり早い方なのに。

それが、一目見て、一度の試行もなく、成功させた。

この事実だけとっても、クラヴィスがどれだけ魔術に精通しているかが窺える。

いや、逆だろうか。

どれだけ精通していればそんなことができるのか、と考えるべきだろうか。

まるで窺い知れない。

——それも気になるが、しかし、やはり。

今一番気になるのは、クラヴィスの背後に見えたアレである。

普段は……今は見えないが。

魔術を使う瞬間、それは確かに現れた。

クノンは直感的に「あっ魔術使いそうだな！」と思い、反射的に「鏡眼」を発動させた。

そしてクラヴィスを見たのである。

その結果が、首のない女神像だ。

光属性に憑いているのは、発光する物質である。

光持ちの人数が少ないだけにサンプルは足りないが、今のところは「発光する物質」というのが共通項だと思われる。いや、「白い物質」の方が近いかもしれない。

まあ、その辺の考察はともかく。

なぜ普段は見えないのか。

なぜ魔術を使った瞬間だけ見えたのか。

——「鏡眼」については、相変わらずわからないことばかりだ。

だが今回のクラヴィスの一件は、これまでにないケースである。

それも、類似例がないものだ。

考えるべきことは多いが、何より。

新たなケースが出てきたことで、この背後の何かが何らかの意味を持っている可能性が増した、ということだ。

たまたま見えるわけじゃない、かもしれない。
意味のない幻ではない、かもしれない。
考察はできても、何一つ確証はない。
だからどこまでいっても、「かもしれない」の可能性を捨てられないのだ。
しかし今、確証のないそこに、もう一つのケースが生まれた。
普段は見えないが「条件付きで見える」。
これはどういうことなのか。
やはり確証はない。
だが——背後の何かがいることに何らかの意味がある、という信憑性《しんぴょうせい》は増しただろう。
単純に言えば。
普段のクラヴィスは魔術師じゃないが、魔術を使う瞬間だけ、彼は魔術師となる。
そんな説も成り立つわけだ。
そう考えると、逆の説もあり得るかもしれない。
人に何かが憑いているから、だから魔術が使える。
魔術師が魔術を使っているのではなく。
魔術師の命令でその人に憑いている何かが魔術を使っている、という考え方だ。
あるいは——
クノンの思考は止まらなかった。
先を行く男たちの背中を追いながら、クノンはじっくりと考えていた。

「あ、反応ありますね」

サーフが言った。

十五階。

神花を探して十四階を彷徨《さまよ》い、更に下へとやってきた。

各々が使用していた探知魔術に反応があった。

温度を感知するサーフの風が、何かに触れたようだ。

ずっと考えっぱなしだったクノンだったが、さすがに今はこちらに意識を向けた。

「ではそこを目指そうか」

クラヴィスの「光球」でダンジョン広範囲を照らし。

一行はまず、サーフが探知した場所を調べることにした。

「動きはないですね。……確かに何かしらの植物のような……」

風から空気で探知する方法に変えて、サーフは詳細を探る。

床に寝そべる小さな何か。

血の通う生物ではなく、そう、草花のようなもののようだ。

果たして問題のポイントに到着すると、それはすぐに見つかった。

「どうやら当たりのようだね」

そう。

それは、くたりと床に寝そべるように萎《しお》れているが、紛れもなく花である。

淡い桃色の花弁。

数枚の青々とした葉を持ち。

根は床の上に剥《む》き出《だ》しだ。

誰かがここに落としたか、それともこの花が根を使って歩いてきて、ここで生き倒れたか。

そんな感じに、一輪だけポツンとそこにあった。

「……クラヴィス先生、近づいても大丈夫ですか?」

キーブンはいきなり近づくことはなかった。

このメンツで一番神花に興味があるのは、きっと彼である。

薄暗い中でも、好奇心で表情が輝いているのがわかる。

「君に敵意がなければ大丈夫だよ」

敵意がなければ。

クラヴィスが事も無げに言った言葉は、まるで野生生物に対するそれのようだった。

そんな違和感も気にならないのか。

それとも今はどうでもいいのか。

キーブンはいそいそと問題の花の傍に跪《ひざまず》き、仔細《しさい》に眺める。

「ふむ……見たことのない形だな」

観察が終わると、今度はペンを取り出し、ペン先で慎重に花の茎に触れた。

持ち上げて、花の形をちゃんと見たかったのだろう。

しかし——

「ん⁉」

ふと。

花がぼんやり光り出した、と思った瞬間。

強い閃光《せんこう》が放たれた。

「――くっ⁉」

誰もが謎の花に注視していた。

だからこそ、モロに強い光を見てしまった。

長く薄暗いダンジョンを歩き、それに慣れていた一行の目に、その光は強すぎた。

まるで刺されたかのような強い刺激に、誰もが目を瞑《つぶ》った。

「――おっと」

平気だったのは一人だけ。

目をくらまし、本当に生き物のように動き出した花は、根を足のようにばたつかせて一目散にダンジョンの奥へと走り出した。

が、花は迫る水に搦め捕られた。

元々見えないクノンである。

閃光なんて効果があるわけがない。

「ありがとう。ちょっと油断していたよ」

「水球」に閉じ込められ、宙に浮く花。

閃光の不意打ちを食らい、教師たちとルルォメットは動きを止めているが。

どうにか回避したらしく、クノン同様にクラヴィスも動いていた。

クラヴィスは特に動じた様子もなく、クノンの「水球」の上に魔術を重ね——ようとした、瞬間だった。

「——あ、あれっ？」

魔術で触れていたクノンだけが、その異変に、ほんの一瞬早く気づいた。

膨らむ。

「水球」の中の光が、大きくなっていく。

「解除！　私が盾を張る！」

クラヴィスの鋭い声を聞き、クノンは「水球」を解除した。

途端、光ではなく緑が広がり、爆発した。

四方八方に広がる緑色のつぶてが、クノンらを襲うが——

ビタビタ、と。

見えない壁に阻まれ、目の前で色だけを広げていく。

「ふう……危なかったですね」

とは言うものの。

見えないクノンには、何が起こったのかよくわかっていない。

クノンの感知が正しければ、神花が爆発したのだ、と思う。

「水球」の中で膨張していく光が緑に変じ、弾《はじ》かれたように大きく広がった。

下手にそのまま封じていたら、もっと激しく爆発していただろう。

抑圧されていた分だけ、力強く。

サーフらは目くらましで見えていなかった。

唯一反応したクラヴィスだけが、今の現象が見えていたのだろう。

そして――

「いい反応だったよ、クノン」

見えない壁――光魔術の障壁を展開したクラヴィスは、緑爆弾を完全にガードした。

たぶん、あのまま圧迫し続けて、強く爆発していたとしても。

彼の障壁はびくともしなかっただろう。

それくらい込められた魔力が多く、安定感がある、ガラスのような繊細さに反した力強い障壁だった。

「やられた。まだ目の奥が眩《まぶ》しい」

「光ることは知っていたのに、対策を忘れていましたね」

サーフとルルォメットの視界が戻ってきたようだ。

「……雑草だな」

まだ眼が眩《くら》んでいるようだが、それでもいち早く動き出したのはキーブンだ。

すでに解除されている障壁に当たり、地面に落ちた緑を観察している。

爆発した緑の正体は、やはり、植物だったらしい。

――神花の足跡が緑になる、という前情報通りの現象である。

「当たっても問題なかったね」

草のつぶて、というのもおかしいが。

爆発して飛び散ったのが草つぶてであれば、まあ、皮膚に当たればちょっと痛いくらいだろう。

ぺちっと当たるだけだ。

「さてと」

案の定というか、なんというか。

緑をまき散らした神花は、すでに姿を消している。

彼《か》の花の足跡である緑が、暗闇が支配する奥の方へと続いている。

力を振り絞って最後の抵抗、といったところだろうか。

「追いますか？」

サーフが問うと、クラヴィスは……一同を眺めた。

「暇じゃないか？」

一呼吸の間を置いて、言った。

「クノンは移動に貢献した。

あの移動速度は、予想を裏切る大活躍だったと思うよ。しかも一度は神花を捕まえて見せた。

我々を出し抜いてね。

ルルォメットは闇属性だろう？　植物を枯れさせるという後始末を頼みたい。光、風、土では
少々不向きだからね。

となると――我々の出番がないわけだね」

教師たちが何もしていない、というわけではないのだが。

もしもの控え、有事の際の手札、という安心材料でもあるのだが。

しかし、そう。

そんな風に言われると、何もしていないに等しいように聞こえてしまう。

「せっかくの機会だ、私たち教師の力を、可愛《かわい》い生徒たちに見せてあげようじゃないか」

可愛い生徒たち。

サーフ、キーブンの教師二人が、生徒二人……クノンとルルォメットを見る。

話の行方を見守る生徒たちを見て——確かに、と頷《うなず》く。

確かに、このまま捜索が終わったら、可愛い生徒たちに舐《な》められそうだ。

「教師も一緒だったけど何してたんだかわからない」「つか何かしたっけ?」なんて世間話をするかもしれない。そして嫌な噂が流れるかもしれない。

教師たちは、教師であると同時に、魔術師なのだ。

教師として舐められるのはまだいいが、魔術師として舐められるのはプライドが傷つくのである。

元は特級クラス卒の大先輩でもあるのだ、後輩に舐められて面白いわけがない。

「やりましょうか、キーブン先生」

「そうだな」

——なんだか意外な展開になってきた。

教師の魔術を見る機会は多くない。

それだけに、この流れは、生徒たちには嬉《うれ》しいものだった。

そこからは、あっという間だった。

「ルルォメット先輩。先生たちってすごいですね」

「そうですね」

交わした打ち合わせは、ほんの二言三言。

——「私が探します」

——「俺が捕まえよう」

——「では、私が確保かな」

それだけで意思疎通を完了し、動き出した。

サーフの探知。

キーブンの捕獲。

そして、クラヴィスが確保。

下手に神花に触れず、花の扱いを知っているクラヴィスに最後を頼む。

暗黙の了解で理解し合った教師たちは、暗闇に向かい立つ。

「頼むよ、サーフ先生」

キーブンが黄砂を生み出し。

「行きます」

サーフの微風が砂を食《は》み、奥へと運んでいく。

「いた！」

「拘束！」

サーフの凪が神花を感知し。

それを合図に、キーブンが運ばれていった砂を集めて、固める。

「――ご苦労様」

そうして地面を転がってきた砂球を、クラヴィスが確保した。

これで終わりだ。

本当に、あっという間の確保劇だった。

ほんの一端だが、教師たちの実力が見れて。

クノンもルルォメットも、かなり嬉しかった。

型通りの使い方じゃない。

その応用力の高さと、引き出しの多さ。

そして打ち合わせなど必要ないとばかりに、即興で魔術を合わせられる実力。

簡単に見えて、全ての要素が高レベルだった。

特級クラスの生徒なら、同じことができるとは思う。

ただし、こんなにスムーズにはできないだろう。

――それがわかるくらいには、可愛い生徒二人の実力は、確かだった。

神花は捕まえた。

ルルォメットが広がった緑の処理をして、捜索は終了だ。

「では帰ろうか。キーブン、砂を落としてくれ」

「わかりました」

浮いていた砂球から、砂だけがさらさらと零れ落ちていく。

そうして、ついに神花がその姿を現した。

「へえ、これが神花……」

「ふむ……」

サーフとキーブンが興味津々で、光の膜に閉じ込められている神花を観察する。

「……っ⁉」

その時、クノンは驚いていた。

まさか。

嘘だろう。

薄々似ているとは思ったが……。

砂がなくなってはっきり見えるようになると、そんな疑問が頭の中をぐるぐる回る。

だが、決して口に出すことはなかった。

ありえないからだ。

絶対に。

――クラヴィスが今使っている光の膜が、聖女の「結界」であるわけがない。

どんなにそっくりでも。

どんなに似ているように感じても。

「結界」は聖女固有の魔術。
光属性の女性であり、しかも聖女でないと使えない魔術だ。
たとえ同じ光属性でも、男のクラヴィスが使用できるはずがない。
まさかクラヴィスが女性ということはないだろう。
しかも聖女である、というわけもない。
一瞬疑ったが、さすがにそれはない。
彼はかなりの美形だが、それでも女性らしさはないから。
では、なんなんだ。
この「結界」にしか思えない魔術は、なんなんだ。
聖女とは同期であり商売上も付き合いがある。
それだけに、「結界」は毎日のように見て、感じてきた魔術だ。
遜色《そんしょく》がない、というか。
違いがわからない。
それくらい酷似している。
「随分早く終わったね。遅めのランチになら間に合いそうだ」
何事もなかったように佇《たたず》むクラヴィス。
「なんか光ってるな……」
「このホタルのような小さな光は……光の精霊でしょうか」
サーフとルルォメットは角度や高さを変えて、仔細《しさい》に観察する。

神話に出てくるような貴重な花だ、見ておいて損はない。キーブンなんてスケッチまで始めている。

しかし今のクノンは、どうしても、その外枠の方が気になってしまう。

「……クラヴィス先生、あの、」

「帰ろうか、クノン。私たちを運んでくれ」

誤魔化すように。

あるいは、話す気はないと突き放すように。

おずおずと声を掛けたクノンに、クラヴィスは追求を許さなかった。

――なんとなく、クノンは納得した。

教える気はないが見せてやる、せいぜい頑張ってこれが何なのか解明してみろ。

そう言われたような気がした。

これは言わば、教師クラヴィスが生徒に出した課題なのだ。

いつか答えがわかった時。

その時こそ、ちゃんと聞いてみよう。

「これが神花か……」

ダンジョンの入り口近くまで戻ってきた。

具体的には、地下二階まで。

ここからはガラクタが散乱するので、氷を敷いて滑れない。だから徒歩での移動となる。

少し休憩を入れることになり。

ようやくクノンは、問題の花をじっくり見ることができた。

「水球」はもう解除してあるので、花は「結界」らしき光膜に包まれ、浮かんでいる。

淡く朱を帯びた白い花だ。

ピンクと言うには白いし、白と言うにはかすかに赤みがかっている。

特に大きくもないし、何より元気がなさそうだ。

花弁はお辞儀し、葉も俯《うつむ》いている。

もしどこかに植わっていたとしても、目を引かず素通りしてしまうかもしれない。

特別な力も感じない。

本当に神花なのだろうかと思ってしまう。

それと、その近くを漂う小さな光。

大きさは指先の半分くらいだろうか。

クラヴィスが言うには、それは光の精霊らしい。

そう聞くと俄然《がぜん》興味が湧くが……こうして観察する限りでは、ただの小さな光にしか見えない。

これもまた、特に何も感じない存在だった。

まあ、要するに。

拍子抜けするほど普通の花、という感じである。

「力を使い果たしているからね。花も精霊も。まだどちらも生まれたての子供なんだよ」

クラヴィスはそう言うが。

神花も精霊もよく知らないだけに、何とも返答しづらい。

「クラヴィス先生、この花はどうするおつもりですか？　もしまだ決まっていないなら、ぜひ俺に預けてほしいのですが」

キーブンは神花の観察を続けたいようだが、クラヴィスは首を横に振った。

「神花は普通の植物じゃないから、君には面倒を見切れないと思う。君に預けてもまた精霊と意思疎通して逃げ出すだろうね」

今回のようにまたどこかへ移動するかもしれない、と。

「では、聖女レイエスに預けるとか？　もしくは森に返す？」

「今代聖女は神花のことをよく知らないようだし、森に返しても同じことが繰り返されるだけだろうね。

この花は生まれたばかりで、まだ人に慣れていない。人に慣れるまでは私が面倒を見ようと思っているよ」

人に慣れる花。

まるで犬猫のようだ。

クラヴィスはだいぶおかしなことを言っている。

しかし、事実なのだろう。

現に神花はここまで逃げてきているのだから。

「どんな風に慣れさせるんですか？　僕も知りたいです」

クノンは言った。

ダメで元々、という気持ちで。

「光属性にしかできない方法だから、知っても仕方ないよ」

「でも神花の情報って全部貴重でしょう？　人に慣らす方法なんてそうそう知る機会もないですから。後学のためにも知りたいなぁ」

「ふむ」

クラヴィスは腕を組んだ。

「――まだ早い。……と言えば、君にはわかるかな？」

やはりか、とクノンは思った。

ダメで元々だったので、断られるのはわかっていた。

今神花を包んでいる「結界」らしき魔術と同じだ、と。そう言いたいのだろう。

時期尚早。

学ぶには下地が足りない。

だから、もっと魔術を学びもっと魔術を磨け、それから聞け、と。

「……ちなみにクラヴィス先生って女性じゃないですよね？」

「は？」

始終穏やかで余裕だったクラヴィスだったが、この質問にはさすがに感情が乱れた。

周囲の男たちも乱れた。

こいつ何言っているんだ、何言い出した、と。

「だって……ねぇ？」

こうして「結界」使ってるし、と。

言うと周りが騒ぎそうなのでぼかしたが、クラヴィスには伝わるだろう。

「私は男だよ。ついてるけど確認する？」

「あーいいですいいです！　僕の素敵な女性センサーにも引っかからないから絶対違うと思ってました！　僕は素敵な女性は一発でわかるんです！　訓練したから！」

太腿《ふともも》が眩《まぶ》しいあのカシスを、一目で男だと見抜いたクノンである。まあ見えないが。

その辺の判断力には自信がある。

訓練もしたから。

しかし、ただ、そう。

そうだとすれば辻褄《つじつま》が合って答えが導き出せる、というだけの話だ。

クラヴィスは男である。

聖女じゃないのに「結界」を、あるいはそれに酷似した魔術を使える。

それはなぜか。

「まあ、頑張って考えなさい」

――突拍子もないことを言い出したと思えば、今度は思案に耽《ふけ》る。

そんなクノンを、クラヴィスは面白そうに眺めていた。

◆

その先は、師の私室である。

「——回収終わりましたよ、グレイ」

ノックもなくドアを開けて、先の見えない闇に足を踏み入れたのは、クラヴィス・セントランスである。

第三校舎、二階と三階の狭間にそれはある。

ここは師の私室、数あるグレイ・ルーヴァの研究室の一つである。

まあ、研究室というよりは書庫というべきか。

今開けたドアが閉じると、差し込んでいた光源がなくなり、辺りは闇に包まれた。

それから、ほのかな灯《あか》りが室内を照らす。

あるのはソファとローテーブル。

そして、四方の壁にそびえる本棚だけ。

数多《あまた》の本がここにはある。

天井は見えない。

本棚の一番上の棚も見えない。

暗闇の奥へと向かうそれは、先ほどまでいたダンジョンの通路のようだ。

「ご苦労」

それは、床からにじみ出てきた。

人形《ひとがた》の影である。

グレイ・ルーヴァだ。

「おう、随分弱っとるな」

人影の彼女は、クラヴィスが持ってきた神花をじろじろと見回す。

「どうするおつもりで？」

「儂《わし》はいらん。神花の研究なんぞ数百年前に散々やったからな。今更いじって楽しい玩具《がんぐ》ではない。まあ、生徒にはいいサンプルになるだろ。輝魂樹《キラヴィラ》も含めてな」

「聖教国に引き渡す気は？」

「ない。どうせあの国に渡しても宝の持ち腐れだ。こういうものは崇《あが》めて大切に保管するより、有効活用するべきだな」

そうだろうな、とクラヴィスは思った。

神花だろうが輝魂樹《キラヴィラ》だろうが、あの国に預けても、結局信仰の道具にしかならないだろう。

それがいいとも悪いとも言う気はない。

しかし、ここは魔術学校だ。

信仰より優先するものがある場所だ。

そこで生まれたものなら、使い道は決まっている。

「ほれ、今の派閥のリーダー。隻腕の娘がおるだろ？」

「シロト・ロクソンですか？」

「うん。あれは造魔学の入り口におるからな。喜ぶだろう」

——神花は、命を創造できる素材だ。

魔人、または人造魔人。

かつて神の僕《しもべ》と呼ばれたその者たちの命の源が、これである。

魔人も神花も、神話や逸話に残っている。今では御伽噺《おとぎばなし》でしかないと思われているが、事実なのだ。

ただし、非常に扱いが難しい。

何しろ花自身が意志を持ち、使用者を選ぶのだから。

もしシロトが神花に認められれば。

そしてそれなりの実力があれば。

その時は魔人ごしらえの腕が開発できるだろう。

それができれば、人の命が尽きるまでくらいには、長持ちする。

今は仮初の腕を使っているので、色々と不便も多いはずだ。

「しかし随分早く終わったな」

「私も予想外でしたよ。ほら、グレイも知っているあの子――」

クラヴィスはダンジョン捜索について報告する。

色々と面白いこともあったが、やはり特筆すべきは、同行した水魔術師による高速移動だろう。

あれのおかげで、だいぶ捜索時間を短縮することができた。

自ら捜索隊に志願しただけあって、実に有能だった。

「クノン・グリオンか。縁がある名だな」

昨年度末から何度か聞いている名だ。

たとえ特級クラスの生徒であろうと、こういう生徒は珍しい。どんな形であれ、グレイ・ルーヴァの耳に入る生徒の名は稀《まれ》なのである。

年に二、三人いればいい方だ。

同じ名前を何度も、ともなれば、もっと少ない。

ちゃんと対話した生徒など、滅多にいない。

だからちゃんと名前を憶《おぼ》えている。

「あの子はそれに気づきましたよ」

「それ？　……『結界』か？　そういえば聖女と仲が良いとかなんとか言っていた気がするな」

詳しいパーソナルデータまでは知らないが。

クノンは、見分けられるほど「結界」を知っていた、ということだ。

——ならば今頃は疑問で頭がいっぱいだろうな、と思う。

なぜ男が「結界」を使えるのか。

その答えに辿《たど》り着《つ》けるかどうかで、今後の魔術師人生も大きく変化するだろう。

「彼に興味が湧きましたか？」

「興味なんぞ魔術師全員に向いとるわ。あたりまえのことを言うな」

同じ魔術の深淵《しんえん》に挑む者たちだ。

グレイ・ルーヴァは周囲の魔術師の様子も気にしている。

同志として。

どれだけ先を歩んでいようとも。

「どうだ？　クノンは境界線に辿り着きそうか？」

「どうでしょう？　ただ、あの手のタイプは自覚なくいろんなことをしている気がします。案外すでに辿り着いていたり――気が付いたら越えていたりするかも」

魔術に正解はない。

教えられて最短距離で学ぶこともあれば、独学で大きく回り道して学ぶこともある。

壁に。

あるいは境界線に。

そこに辿り着く道は一つではない。

自分たちが予想もしない形で、魔術の深淵に触れている可能性もあるだろう。

「――ではグレイ、報告は以上となります。私は行きますね」

「うん？　どこかへ出掛けるのか？」

「サーフとキーブンからランチに誘われたので。たまには若い子と遊んできます」

「なんだ羨《うらや》ましいな。儂は誘ってなかったか？」

「グレイのグの字も出ませんでしたね。あなた昔から人気ないですから」

「チッ。可愛くない奴《やつ》め。早く行け」

可愛くない弟子は師の部屋を出ていき。

人気のない師はまた影に消えた。

そして、書庫は静寂を取り戻す。

◆

「――クノン先輩、お久しぶりです」

早朝である。

今日も魔術学校の校門を潜ろうとしたクノンは、声を掛けられた。

その声を聞いた瞬間。

ここ最近クノンの頭を占めていた疑問の数々が、一気に吹き飛んだ。

「セラフィラ嬢だ！」

「は、はい」

そこにいたのは、セラフィラ・クォーツ。

あの狂炎王子の従妹《いとこ》である。

少し前まで、ずっと気になっていた女性である。

具体的に言うと、ダンジョン捜索の時まで。

忘れていたわけではない。

…………いや、忘れていたのだ。

ここ最近のクノンは、ずっと、ダンジョンでの出来事について思案していたから。

それ以外のことは何も考えていなかったと思う。

しかし、そう。

それまでは、間違いなく彼女のことを気にしていた。

思い出した今、その気持ちも蘇《よみがえ》ってきた。

「僕は君の従兄《いとこ》にできるだけ面倒見てほしいって言われてるんだけど大丈夫⁉　……あれ⁉　もう派閥決まった⁉」

少し前。

セララフィラは、強引に「調和の派閥」の遠征に連れて行ってもらった。

その時の経験から己が未熟さを恥じ、何日か引きこもって、魔術の特訓をし始めた……というところまでは把握している。

それからの彼女の動向を、クノンは知らない。

今日は、新年度が始まって何日になるだろう？　日時や季節に頓着《とんちゃく》のないクノンにはわからない。

今年は、始まりからイベントが盛りだくさんだった。

それだけに曜日感覚が完全にマヒしていた。

ここ最近は特に、だ。

「所属しましたわ。『調和の派閥』です」

だそうだ。

「ごめんね！　ずっと放置してたよね⁉　まるで夜の帳《とばり》に閉じ込められた小鳥のような寂しい想《おも》いをさせてしまったね！　僕は紳士として自分が恥ずかしい！」

セララフィラは特訓を始めた。

会えないにしても、家を訪ねて様子くらいは見ようと思っていたのだ。

それなのに、まるっきり忘れていた。

その間、ジオエリオンとは食事がてら会ってさえいたのに。

でも、彼はセラフィラについて、何も言わなかったから。

だから思い出すこともなかった。

「お気になさらず。学校に来たのはあれ以来ですから。

クノン先輩は今日もちゃんと紳士ですわよ。よく磨かれた眼帯の色艶《いろつや》も美しく艶《つや》やかですし。そんなに黒光りしちゃって」

あれ以来。

というと、引きこもって以来、という意味だろう。

「……特訓、終わったの？」

「そうです、と言いたいのですが。クノン先輩も知っているはずです。

魔術はそんなに簡単ではない、でしょう？」

同感だ。

ダンジョン捜索以来、解けない疑問に取り憑《つ》かれているクノンには、この上なく同感だ。

「でも出て来たってことは……何か用事で？」

「はい。クノン先輩に会いに来ました。――金策の話です」

金策。

そう、それだ。

特級クラスは、生活費は自分で稼ぐ必要がある。

一番最初の課題と言えるのだ。

「本当にごめん。僕はそれも含めて面倒見てほしいって言われたんだけど。最近ちょっと忙しくて」

「あ、いいのです」

クノンは本当に悔いていた。

それを察したセラフィラは慌てて続ける。

「これは本来わたくし個人の問題で、わたくしが動かないと解決しない話です。解決するため、クノン先輩やほかの方に相談する必要があった。それを怠ったわたくしの責任です」

それで、とセラフィラは更に続けた。

「今日こそ金策の相談をしに来ました。聞いていただけますか？」


二人は喫茶店にやってきた。

クノンの教室でもよかったが、別の場所がいいだろうと判断した。今は調べ物に夢中で、少々散らかっているから。

クノンは問題ないが。

しかし、普通の人は足の踏み場に困るそうだから。

聖教国産のリリ茶を注文し、早速本題に入る。

「えっと、今どうなってるの？」

派閥が決まったと言っていた。

ならば、もう入学から一ヵ月は経っているのだろう。

特級クラスの猶予期間は過ぎているはずだ。

「先日の遠征、ありましたわよね？　あれの報酬があったので、先月は五十万ネッカの収入がありました」

「あれって報酬出たの？」

「ええ。素材集めと一緒に、お金になりそうな物も集めていましたので。それらを売り払って分配したものがわたくしにも与えられました。

そのおかげで、なんとか少しだけ生活はできそうです」

すでに色々切り詰めているし、家も引っ越した。

今は使用人一人と小さな家に住んでいる。

その生活も、もってあと二週間くらいだろうか。

セラフィラはもう少し魔術の特訓をしたかったが、金銭的な理由で、それができない状態となってしまった。

「なんとか稼いで、もう少し余裕がある生活をしたいのです」

使用人は、無理を言って格安で雇っている。

食事も最低限だし、量も少ない。

セラフィラ自身にはあまり不満はない。それより何より魔術を磨きたい。今はそれしか考えていない。

だが、しかし。

一時クォーツ家に帰還した老執事ルージンは言っていた。

「ここまで生活レベルを下げては、セララフィラの身が危ない」と。

彼の言い分はわかる。

クォーツ家はアーシオン帝国の上位貴族である。

そこの娘が市井の民同然に暮らしていると知られれば、どんな危険が迫るかわからない。

もし金策ができないようなら、二級クラスへ行くことになるだろう。

これはクォーツ家当主である父が命じると思う。

そうなればセララフィラは従うしかない。

特級クラスの魅力を思い知らされた。そんなセララフィラが、今更二級クラスで満足できるわけがない。

――何より、エルヴァと離れ離れになるなんて、絶対嫌だ。他にも素敵なお姉さまがたくさんいるのに。

「土属性の金策かぁ……ちなみにエルヴァ嬢や『調和』の皆には相談した？」

「派閥に属する返答はしました。しかし相談はしていません」

それはなぜだ、と。

クノンは聞かなくても、わかってしまった。

「――足手まといになりたくないもんね」

セララフィラはまだ、自分の実力に納得していない。

今彼らに合流したところで、何も手伝えないし、役に立つことができない。それどころか迷惑まで掛けてしまう。
だから、まだ派閥には顔を出せないのだ。
クノンも似たような経験した。
ゼオンリーの弟子になった当初、彼の専門である魔道具関係には無知で。
その方面ではまったくついて行けないし、何もできなかったから。
必死で学んで食らいついて、なんとか助手が務まるまでになったのだ。
それまでの間、自分の無力さを感じたものだ。
――まあ、学ぶことが多いというのは、喜びでもあったが。
学べば学ぶほど、「目玉を造る」という己の野望に近づいている気がしたから。
「じゃあ考えてみようか。土魔術で何ができるのか」

エピローグ　手紙

親愛なる婚約者様へ
　照りつける太陽に生命の躍動を感じる晩夏、いかがお過ごしですか？
こちらはまだまだ陽射《ひざ》しが厳しいです。
あなたと離れて一年と半年。
もうそんなに経《た》ったのか、と驚きました。
会えない時間は長く感じます。
でも、確実に時は進んでいます。
きっと、過ぎてしまえば、あなたとの再会もすぐなのでしょう。
しかしそれがとても待ち遠しい。
じきに季節の変わり目が来ます。体調の変化には充分お気を付けください。

僕は進級が決定し、二年生になります。
なんとか進級の単位も足りて、とりあえず安心しました。
校舎全壊からの、書類の整理整頓《せいとん》。
あれは本当につらかった。

あの苦労を乗り越えられたことに、とにかくほっとしています。

殿下の近況はいかがですか？

しばらく忙しくなる、手紙の返事が少し滞る、とのことですが。

僕への返事はいつでも構いませんので、ご自愛ください。


この手紙を書いている頃は、まだ夏季休暇中になります。

ヒューグリアへの里帰りも考えたのですが、結局ディラシックに残ることにしました。

殿下の仰《おつしや》る通り、中途半端に会うと別れがつらいですから。

次に会う時まで、お互いやるべきことをこなしましょう。

そして、何の憂いもなく、あなたと再会できますように。


夏季休暇中も、僕はずっと学校に通っています。

生徒の半数以上が里帰りをしているようで、知り合いの女性もほとんどいない状態です。

紳士としては寂しいものです。

敬愛するジェニエ先生やサトリ先生も、休暇の間はディラシックから離れるようで、まったく会えていません。

こちらは生徒として寂しいです。

もうじき二年目が始まります。

僕も二年生になり、後輩が入学してくるでしょう。

正直、あまり実感がありません。

僕は人に面倒を見てもらうばかりだったので、誰かの面倒を見るなんてできるのでしょうか。面倒どころか相手の姿形も見えないですし。

でも、迷っているばかりではいけない。

困った女性を助けるのは紳士の務め。

それが年下ともなれば尚更《なおさら》のこと。

精進します。

あなたの隣に相応《ふさわ》しい紳士になるために。


手紙の返事はいつでも構いません。

でも、殿下が何をしているか、なぜ忙しいかは、とても気になっています。

事情が話せるようになったら、ぜひ教えてください。


あなたが無事で、健やかに過ごせていることを祈っています。

貴女《あなた》のクノン・グリオンより　真夏のような情熱を込めて

書き下ろし番外編　あの頃のゼオンリーとアイオン

陽射《ひざ》しが強い。

もうすぐ秋なのに、外での活動はまだまだ大変だ。

まあ、寒いよりはましか。

指先が動かない、体調を崩すなど、寒い季節は実害が出るのでやりづらい。それなら暑い方がまだ動きやすい。

――ヒューグリア王城の端にある、王宮魔術師が活動する拠点・黒の塔。

その日、ゼオンリー・フィンロールは塔のすぐ外で実験をしていた。

新しい魔道具「全自動井戸作製機」の構想中である。様々な器具を使い、動きを確認し、いくつかの完成図が朧《おぼろげ》気に見えてきたところだ。

そんな彼に、同僚の水魔術師ビクトが声を掛けた。

「ゼオン先輩、手紙が来てますよ」

「手紙？　誰からだ？」

「先輩の可愛《かわい》い弟子から」

ゼオンリーの弟子は一人しかいない。

他の用件なら後回しだが、弟子からの報告は最優先だ。

今、一番懸念していることでもあるから。

「よこせ」

まだ封は切られていない。

王宮魔術師への手紙は、出す場合は検閲が入るが、貰《もら》う場合は入らない。

送り主の身元がはっきりしていれば、だが。

「――よこせ、っつってんだろ」

手を伸ばし、ビクトが持っている手紙を掴《つか》むが。

彼はそれを離さない。

魔術師同士が、ただの腕力で拮抗《きっこう》する。

お互いぶるぶる震えるくらいには。

「羨《うらや》ましいなぁ、あんな可愛い弟子がいて。この時期なら魔術学校の入学試験の報告かな？　羨ましいなぁ。先輩みたいな後進を育てる気がまったくない人が弟子かぁ」

「おまえしつけぇな。それ言うの何度目だよ」

「何度でも言いますよ――俺が欲しかったのに。俺が欲しかったのに！」

「うるせぇな！　大声出すな！」

ストレートな文句を突っぱね、ゼオンリーは手紙をひったくる。

「なんて書いてあるんですか？」

「行けよ！　関係ねぇだろ！」

「あるでしょ！　俺の弟子になるかも知れなかった子の近況でしょ！」

「無関係じゃねぇか！　なかった可能性の話なんかするな！」

ゼオンリーに弟子ができたのは、もう何年も前のことなのに。

この同僚は諦《あきら》めていないようだ。

いや、諦めてはいるのか。

ただ、ずっと心残りとしてくすぶっているだけで。

そして。

「――今私の弟子になる予定だった子の話してた？」

「――クノン君のこと、私はまだ諦めていないんですよ。ゼオンリー君」

拠点近くで騒いだせいで。

同じく、近くで何かしていた連中まで集まってきた。

「来んなよ！　仕事しろ！」

「まあまあ」

「いいじゃないか、私の弟子予定の子の話だろう？」

「早く手紙を開けないと、また昼寝の邪魔するぞ」

「君の食事だけ野菜多めで注文しましょう」

「それいいね。これからは肉は切れ端だけになると思えよ」

地味に嫌がらせがきつい。

――数年前、たった一度来ただけのグリオン侯爵家次男。

彼がゼオンリーの弟子になり、実験や研究に付き合うようになり、黒の塔でも何かと名前を聞く機会が多くなり。

それだけに、王宮魔術師たちが忘れてくれない。

いや、忘れないどころか。

会えないことで、逆に執着心が増している気がする。

加えて、やはりゼオンリーの性格面の問題もあるだろう。ビクトが言った通り、弟子を取り育てるようなタイプではないから。

にも拘《かか》わらず、結構うまくいっている。

そこもまた気に入らない一要素であり……まあ、文句を言い出したら切りがないのかもしれない。

「わかったわかった！　触るな！　今開けるからにじり寄ってくるな！」

ゼオンリーの腕は確かだ。

しかし、王宮魔術師の肩書きは伊達《だて》ではない。

厄介なことに、ふざけた同僚だって例外はない。一対一ならなんとでもなるが、一対二になるだけでまず勝てる気がしない。

この数の差ともなれば、もはや絶望だ。逃げることも難しい。

下手に揉《も》めると、もっと面倒臭いことになりそうだ。

なので、彼らの要求を呑《の》んで、さっさと追っ払うことにした。


「――懐かしい」

ゼオンリーは手紙を一読し、かいつまんで内容を伝えた。

一応、内密にしたい話もあるので、直接読ませることはしない。

案の定、試験結果の報告が書いてあり、弟子は問題なく受かったらしい。

試験の合否に関しては、ゼオンリーはまったく心配していなかった。

妥当だな、と思うばかりだが。

……心配だったのは、過去、自分がやらかしたことで弟子がとんでもないことになってないか、だ。

在校中のゼオンリーを知る者が、魔術学校には……いや、魔術都市ディラシックにはたくさんいるから。

まあ良くも悪くも魔術主義、実力主義みたいな場所だ。

だから入学試験を難しくするよう、昔の知り合いに頼んだりもした。実力さえあれば、「あのゼオンリーの弟子」なんて色眼鏡で見られても大丈夫だろうから。最初に実力を示せば周囲の反応も違うだろうから、と。

弟子の実力は確かだ。

あれはあと二年も鍛えれば、王宮魔術師の末席には座れるはずだ。

不器用な師は、そんなことを考えて手紙を読んでいたが。

ビクト含む同僚たちは、違う感想を持ったらしい。

曰《いわ》く「懐かしい」だ。

「……まあ、そうだな」

確かにゼオンリーも懐かしい。

自分も魔術都市ディラシックへ行き、入学試験を受け、魔術学校に入ったのだ。

同僚たちも同じである。

世代が違うので、在校中は会っていない者も多いが。

皆、かのグレイ・ルーヴァのお膝元《ひざもと》で学んでいるのだ。

ゆえに共通の話題も結構多い。

弟子の近況を知れば知るほど、どうしてもかつての自分の経験と重なる。

毎日過ごした校舎。破壊した教室。悪ノリして暴れて教師たちに追い回されたこと数知れず。一度あのグレイ・ルーヴァを怒らせて直接お叱りを受けたこともある。街では危険人物と知られ、出禁になった店も多かった。知った顔もたくさん思い出す。大抵顔をしかめているか怒っているかだが……。

今なら言える。

厄介者同然だった自分と、嫌な顔をしながらも、それでも付き合ってくれて感謝している、と。

「懐かしいと言えば、ゼオン先輩」

過去を懐かしむビクトは、思い出したようだ。

「先輩の同期に、あの災約の呪詛《じゅそ》師がいたんですよね？　仲が良かったって聞いたことありますけど」

呪詛師。

久しぶりに聞いたな、とゼオンリーは思った。

「あいつは一つ上だし、別に仲が良かったわけじゃねぇ。縁があって付き合いがちょっと続いただけだ」

「へえ?」

「呪詛師に関しても気になるが、君の学生時代の話も気になる」

「わかる。こいつすんごい問題児だったんでしょ? めちゃくちゃトラブルばっか起こしてたって聞いたことある」

「同期辺りは在校中ずっと迷惑掛けられてたって話だけど」

――面倒臭い流れになってきた、とゼオンリーは顔をしかめる。

あの頃は、満《み》ち溢《あふ》れる才能に増長し、ちょっとやりすぎたと思っている。

ゆえに、思い出したくないことも多い。

「もういいだろ。サボッてるとロンディモンドに笑いながら絡まれるぜ」

それは困るとばかりに、王宮魔術師たちは散っていった。

ゼオンリー含め、問題児が多い王宮魔術師たち。

そしてそれをまとめる王宮魔術師総監ロンディモンド。

彼は問題児の扱いを熟知している。何をどうすれば問題児が困り果てるか、よく知っている。

「……やれやれ」

過去を突っつかれたせいで、思い出してしまった。

あの頃の自分を。

そして、災約の呪詛師アイオンを。

呪詛師。

勇者や聖女と同じ、十七王大戦で活躍した英雄の役職である。

大昔は特別だった彼らだが、現代では固有魔術を持つ魔術師、くらいのものである。

聖女辺りは普通に魔術学校に通ったりする時代なので、会えないほど珍しい、というわけではない。

非常に珍しい存在ではあるが。

その人しか使えない魔術である以上、研究するにも実験するにも扱いが難しいのだ。汎用性《はんよう》が非常に低く、他の者では再現しづらいから。

それに加え――呪詛師はその特性から、頭の固い者から疎まれる。

呪詛師の固有魔術は「呪術」。

要するに「呪い」だ。

◆

「――よし！　まあ当然だな！」

結果を通達する手紙が届いた。

受け取ると同時に、その場で開封し。

そして、無事魔術学校の特級クラスに合格したことを知った。

「受かったの？」

手紙をよこした宿のおばちゃんが問う。

結果など察しがついているだろうに。

「あたりまえだろ！」

少年は得意げに言った。

「俺はゼオンリーだ！　いずれ魔術界に名を遺す天才魔術師サマだぜ！」

生意気で、自信家。

でもちゃんと才能もある。

――当時十二歳のゼオンリーは、まだフィンロールの名を持たない、ただの子供だった。

「じゃあ天才魔術師様にお願いしようかね。そろそろ宿のツケを払ってくれる？」

「それはちょっと待って」

金はない。

夏の間、ずっと逗留《とうりゅう》している宿は、非常に安価なボロ……控え目な宿だが。

貧乏な田舎出の少年は、それでも無理だ。

片道の交通費しか持たずに単身やってきて。

なんとか魔術都市ディラシックに到着したものの、入学試験にも始業にもまだ時間があり、住む場所に困っていた。

交渉の末、「出世払いでいい」と言ってくれた、この奥ゆかしい宿に世話になっている。ちょくちょく便利に使われながら。

でも、入学が正式に決まった。

これで状況は変わる。

「寮の交渉してくる！　これでボロ宿とおさらばだ！」

「おいこらガキ」

おばちゃんの声など聞こえないふりをして、ゼオンリーは宿を飛び出した。


特級クラスは、生活費を自分で稼ぐ必要がある。

しかし住居費については、その限りではない。

家賃だけは学校が負担してくれるから。

住処さえあれば問題ない。自分一人であれば食費くらいなんとでもなる。

もし試験に落ちていたら二級クラス入りし、また取るべき行動が変わっていたが……なかった可能性など今更どうでもいい。

「――寮に入れてくれ！」

これまで何度か掛け合い相談してきた、魔術学校の受付。

いつもやる気がなさそうな受付の女に、合格通知を見せつけてやる。

「もう関係者だからな！　ちゃんと聞いてくれよ！」

「はいはい」

疲れたような、呆《あき》れたような溜息《ためいき》を吐《つ》き。

受付の女は何やら書類をめくり出す。

「あぁ、もうすぐ寮部屋が一つ空くから、予約を入れておくわね」

「本当か⁉」

「ええ。卒業する子がいるみたい」

これで、ようやく安定した生活が手に入る。ボロい安宿でこき使われずに済む。もう雑貨屋で長時間本を立ち読みして店員に小言を言われることもない。「これ以上商品を買わずに眺めるだけなら私と結婚してもらうけど？」なんて結婚を焦る女店員に絡まれることもない。朝から晩まで魔術学校の図書館に入り浸ってやる。飯も……まあ食費くらいはなんとかなるだろう。

実験も研究もやり放題だ。

もう薄い壁による隣人トラブルを気にする必要もない。

ボロ宿のおばちゃんには本当に感謝しているが、あそこでは狭くて窮屈でまともに活動できないのだ。

とにかく住む場所さえなんとかなれば——

「……ん？」

試験以降入ったことのない学校側へ続く出入口。

そこから、フードをかぶった背の高い女がやってきた。実に怪しい。昔の怪しげな魔術師のようだ。つまりここにいて不思議じゃないわけだ。

何気なくゼオンリーが視線を向けると、彼女は近寄ってくる。

「あの」

いや、正確には受付に、だ。

「三級クラスのアイオンです……寮の退去手続きをお願いします……」

蚊が鳴くような小さな声で呟《つぶや》く。

「はい？」

カウンター越しの受付には、ちゃんと聞こえなかったようだ。

「三級のアイオンで、寮の退去手続きしてくれってよ」

何気なくゼオンリーが伝えると、「はいはい」と受付がやる気がなさそうに反応した。

「あの、ありがと……」

女が見下ろしてきて。

何気なくゼオンリーは見上げて――衝撃を受けた。

左目に花の模様……呪紋が入っていた。

フードに覆われた闇の中、朧気《おぼろげ》に見える女の顔。

そして、淡く光を帯びた呪紋。

「あんた呪詛師か⁉」

何かの本で「そういう特徴を持つ存在」と知っていた。

実際見たのは初めてで。

見た瞬間、情報がぴたりと当てはまった。

呪詛師――現代には失われた「呪術」を使える、特別な役職だ。

「……」

女は何も言わず、顔を背けた。

「……え⁉　待てよ、三級つったか⁉」

呪詛師は、勇者や聖女といった連中と比肩する、特別な存在である。

固有魔術を持ち、誰にも真似できない魔術が使えるのだ。いかにゼオンリーが天才でも、固有魔術は使えない。

言ってしまえば、才能が保証されている魔術師、ということだ。

なのに三級クラスらしい。

三級と言えば、魔術の基礎からやるようなクラスだ。

呪詛師が、三級。

しかも寮から退去するという。

つまり、これで魔術学校を去る、ということだ。

「卒業するのか？　三級クラスを？　呪詛師が？」

二級クラスならまだわかる。

一般的な魔術師は、だいたいここで学んで卒業する。

特級クラスは一流を育てるクラス。

ここを卒業して国に帰れば、だいたい王宮魔術師の道が開かれる。

いくら初心者でも、順当に行くならば、三級から二級に上がって卒業、というのが流れだと聞いている。

なのに。

「人には事情があるんだよ。何も知らないのにごちゃごちゃ言わない」

受付の女が、不機嫌を隠さない低い声で言うが。

「事情ってなんだよ」

ゼオンリーはもっと不機嫌そうに言い返す。

「こんな目に見える才能をなんでみすみす見逃すんだよ。やる気あんのかあんた。こういうのを一流に育てるのが魔術学校じゃねぇのかよ」

「いや私ただの受付だし」

「固有魔術なんて面白ぇもん持ってんだぞ。伸ばせよ」

「いや私に言われても困るんだわ」

そういう苦情は教師に言え、という話である。

「話になんねぇよ」

だから苦情を言う相手が違うのだ、という話である。

「あんた――アイオンだったな？」

顔を背けている女の袖《そで》をひっぱり、振り向かせる。

そしてゼオンリーは、フードの奥に光る呪紋を見上げる。

「なんで寮から出るのか話せよ。これから故郷に帰るのか？　それなら俺に『呪い』を教えてから行けよ。

三級で卒業するってことは、『呪い』を捨てる気だろ？　魔術師として見切りをつけたってことだろ？

だったら俺が継いでやるよ」

「呪術」は固有魔術で、呪詛《じゅそ》師以外は使えない。

そんなことはゼオンリーもわかっている。

わかっていて、言っている。

「俺は天才だ。たかが固有魔術くらい再現してやるよ」

ゼオンリーが知らない魔術である。

興味がないわけがない。

そして自信家な彼は、それができると信じている。

自分の才能を信じている。

「離、して……」

弱々しい声で抵抗するが、ゼオンリーは聞き入れるつもりはない。

「やだね。魔術師が魔術を捨てるってんなら、せめて知識と技術くらいは残していけよ。じゃないとあんたがここにいた意味さえなくなるぜ。

俺が継いでやるからよ。そうしたらあんたがここにいた意味も意義もできるだろ。天才の俺の糧となってこれからいてっ！」

受付に殴られた。硬い書類ボードで。

ゴス、とかなり重い音がした。

「こんなとこで延々とへたくそなナンパしないでくれる？」

相当痛かったのか、ゼオンリーはアイオンの袖を離して頭を押さえている。

「それとアイオンさんの卒業の手続きは済んでるから、もうここにはいられないよ。寮の退去だって決まってることだからね。ここで手続きしなくても、出ていくことになるから」

つまり家がなくなる、ということだ。

そこで、ゼオンリーは閃《ひらめ》いた。

「じゃあ俺も寮入るのやめる！　この女と一緒に住める家を探すから！」

「「えっ」」

この発言には、どちらも驚いた。

「俺は特級クラスだ。特級クラスは住む家の家賃は学校が払うんだよな？　だったらどこかで住む家を探す。そして――」

と、ゼオンリーは再び、アイオンの袖を掴《つか》んだ。

「あんた俺と一緒に住んで、『呪い』を教えろ。教えてくれたら故郷に帰っていい」

「え、えっ、そんな急に……」

「――事情はわからねぇけど、本当にこのまま学校を去る気か？　呪詛師が三級で卒業して満足できるのか？　それってもはや魔術師やめる奴《やつ》の行動だろ。

どうせ魔術師やめるなら、少しでいいから俺に時間をくれ。魔術師としての最後の仕事だと思ってよ。それくらいいいだろ」

魔術師としての最後の仕事。

その言葉に、ほんの少し、アイオンの心が動いた。

「……あの……私、魔術が使えないんだけど……」

「……あ？」

見下ろす視線と、見上げる視線。
どこか怯《おび》える瞳《ひとみ》と、自信しかなさそうな瞳と。

これが、後の天才魔技師ゼオンリーと。
災約の呪詛師アイオンとの出会いだった。

あとがき

こんばんは、南野海風《みなみのうみかぜ》です。

「魔術師クノンは見えている」、秋の夜長にぴったりの5巻目の発売となりました。まあ発売されるのは冬ですが。

ついに5巻ですよ、5巻。ある意味では4巻の隣に据えるといい感じに納まりそうな感じではありますね。もしかしたら6巻の隣でもいいかもしれません。でもまあ雑に積んでも様になりますけどね、5巻ともなれば。5巻という存在感を考慮したら。

このあとがきを書いているのが、2023年11月の末になります。

この頃は、アジアプロ野球CSで日本が優勝したり、熊が「汚ぇ人間どもが！　素手で来いやぁ！」と電話した疑惑があったり、葬送のフリ○レンのアニメがすごく面白そうだったり、ペ○ソナ5タクティカが発売されたりと、なんだかんだありました。ちなみに私はアニメは後から一気見派です。

個人的ニュースを挙げるなら、ずっと欲しかった電動歯ブラシを買いました。密林のセールでね！　でも磨いたあと歯に違和感が残り、なんだか使わなくなりました。慣れてないせいですかね？　それとも歯にダメージが入るんですかね？　歯にダメージが入り、それが蓄積されると、いずれ歯が粉々になってしまわないですかね？　電動歯ブラシが平気な人が羨《うらや》ましい。妬《ねた》ましい。

あと、この冬はホタテが安くなるんじゃないかと期待しています。結局買うのかどうか。未来の私はくすぶるホタテへの情熱をどうするのか。ホタテはうまいですからね。ホタテ丼とかしてみたいですね。


それと、忘れてはいけないのは、つぎラノです。

「次にくるライトノベル大賞2023」にて、「魔術師クノンは見えている」がノミネートされました。

ついでに言わせていただくと、私の書いた「凶乱令嬢ニア・リストン」もノミネートされました。出版社さんが違うので名前を出しづらい面はあるんですが、ここは出していきたい。ついでなので許してほしい。目を瞑《つぶ》ってほしい。二秒だけでいいから。

結果がどうこうより、選んでいただいた、票を入れてくれた方がいた、読んでくれた、この機会に知ってくれた。

それだけで私は充分だったりします。

とても嬉《うれ》しく、光栄です。

でもまあ、商売的にはここぞとばかりに広報したり、プッシュしたりしなかったりするべきなんでしょうね。

このあとがきを皆さんが読んでいる頃には、投票は終わっているのかな？　結果はまだ出ていないはずです。発売日に買ってくれていたらね！

もちろん発売日以外に買ってくれても全然問題ないですけどね！

よかったらチェックしてみて、面白そうだなーと思ったノベルはぜひ読んでみてくださいね。私も何か読みたいな。


イラスト担当のＬａｒｕｈａ先生、素敵なイラストをありがとうございました。

これを書いている頃は、表紙のラフしか見ていません。完成が待ち遠しいです。

きっとあんなシーンやこんなシーン、あそこのシーンまでもがイラストになっていることでしょう。もしかしたらあんなシーンまで？　嘘《うそ》だろ？　大胆すぎない？

……というイラストもあるかもしれませんね！　あるのかな！　皆さんの目で確かめてみてくださいね！


月刊コミックアライブにて連載しているコミカライズ担当のＬａ－ｎａ先生、いつも面白い漫画をありがとうございます。

丁度これを書いている頃、コミックス３巻が発売です！　嬉しい待ってた！

表紙がとてもいいと思います。

紳士ってアレですよね。紳士は使用人や侍女、メイドに挟まれるのがすごく似合いますよね。

女性同士が抱き合う。尊い。

そこに男が挟まれる。

邪魔だ失せろ！　美しき世界に割り込むなゲスが！　帰れ！

でも挟まれるのが紳士なら？

この通りですよ。

こんなにも似合う挟まれがあるのかと驚愕《きょうがく》せざるを得ませんね。私も紳士でありたい。そして挟まれたい。


担当編集Oさん、今回もお世話になりました。

今回も私が〆切《しめきり》を勘違いしたり、ぶっちぎったり、お騒がせして申し訳ありませんでした。

なんかいつもミスするなぁ。

小さいミスからシャレにならないミスまで、満遍なくやってる気がするなぁ。

もし私が軍勢を指揮する司令官なら、私の些細《ささい》なミスで、何万人もの部下が強風に煽《あお》られてオールバックの如くなわけですね。

司令官じゃなくてよかった。……いやよくはないのか。しっかりしなきゃ。


最後に、読者様。

おかげさまで5巻まで続きました。ありがとうございます。

皆さんの感想や反響に、何度も何度も活力をいただいています。

Ｗｅｂ版の話で恐縮ですが、さぼり症の私が定期更新を続けられるのは、間違いなく皆さんのおかげです。

これからも予想できる話だったり、できない話だったり。楽しいエピソードだったり意外とそうでもなかったり。魅力的なキャラが出たり出なかったり。あんな秘密やこんな秘密が明らかになったりならなかったり。

色々あると思いますが、末永くお付き合いいただけると幸いです。

それでは、出るであろう6巻でまた会いましょう!

お便りはこちらまで

〒102－8177
カドカワBOOKS編集部　気付
南野海風（様）宛
Laruha（様）宛

カドカワBOOKS

魔術師《まじゅつし》クノンは見《み》えている　5

2024年 1 月10日　初版発行

著者／南野海風《みなみのうみかぜ》

発行者／山下直久

発行／株式会社KADOKAWA

〒102-8177
東京都千代田区富士見2-13-3
電話／0570-002-301（ナビダイヤル）

編集／カドカワBOOKS編集部

印刷所／暁印刷

製本所／本間製本

●お問い合わせ
https://www.kadokawa.co.jp/（「お問い合わせ」へお進みください）
※内容によっては、お答えできない場合があります。
※サポートは日本国内のみとさせていただきます。
※Japanese text only

Printed in Japan
ISBN 978-4-04-075287-7 C0093

新文芸宣言

かつて「知」と「美」は特権階級の所有物でした。

15世紀、グーテンベルクが発明した活版印刷技術は、特権階級から「知」と「美」を解放し、ルネサンスや宗教改革を導きました。市民革命や産業革命も、大衆に「知」と「美」が広まらなければ起こりえませんでした。人間は、本を読むことにより、自由と平等を獲得していったのです。

21世紀、インターネット技術により、第二の「知」と「美」の解放が起こりました。一部の選ばれた才能を持つ者だけが文章や絵、映像を発表できる時代は終わり、誰もがネット上で自己表現を出来る時代がやってきました。

UGC（ユーザージェネレイテッドコンテンツ）の波は、今世界を席巻しています。UGCから生まれた小説は、一般大衆からの批評を取り込みながら内容を充実させて行きます。受け手と送り手の情報の交換によって、UGCは量的な評価を獲得し、爆発的にその数を増やしているのです。

こうしたUGCから生まれた小説群を、私たちは「新文芸」と名付けました。

新文芸は、インターネットによる新しい「知」と「美」の形です。

2015年10月10日

井上伸一郎

サイレント・ウィッチ -another-
結界の魔術師の成り上がり〈上〉

依空まつり　イラスト／**藤実なんな**

貴族の子供が通う魔術師養成機関の新たな特待生は、貧しい寒村育ちの少年ルイスだった。乱暴な性格と裏腹に、全ての初級魔術や短縮詠唱も使いこなす彼は、その実力で数々の功績と悪行の記録を学園史に刻むことに!?

カドカワBOOKS

奇跡に詠唱は要らない――
気弱で臆病だけど最強な
魔女の物語、書籍で新生！

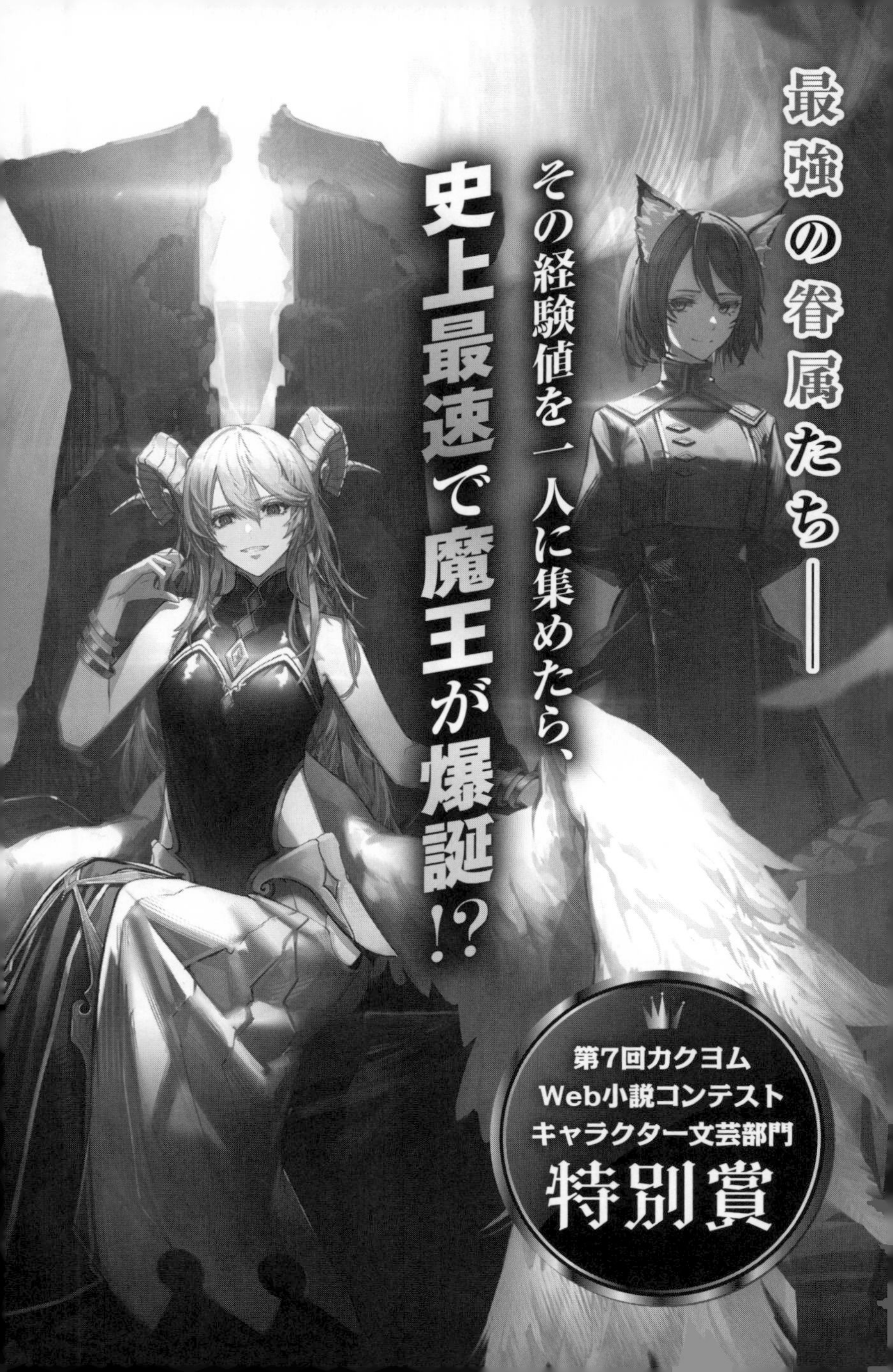
最強の眷属たち――
その経験値を一人に集めたら、
史上最速で魔王が爆誕!?
第7回カクヨム
Web小説コンテスト
キャラクター文芸部門
特別賞

シリーズ好評発売中！
黄金の経験値
the golden experience point
カドカワBOOKS
原純
illustration fixro2n
隠しスキル『使役』を発見した主人公・レア。眷属化したキャラの経験値を自分に集約するその能力を悪用し、最高効率で経験値稼ぎをしたら、瞬く間に無敵に!?　せっかく力も得たことだし滅ぼしてみますか、人類を！
コミカライズ企画進行中！
漫画：霜月汐